三民叢刊179

燃燒的眼睛

簡宛著

三民書局印行

走過青春（代序）

從小就愛看書，也愛塗鴉寫作，但是真正用功讀書、認真寫作，卻是到了國外，已為人妻人母之後的歲月。年輕時「為賦新詞強說愁」的習作，雖常以不同筆名刊登於副刊，畢竟少了人生的閱歷與見解，早已不知去向。

一九六九年離開故鄉，抵達景色幽美的康乃爾大學時，想家念國、文化衝擊、反戰示威、男女私情、留學生的苦與樂、學業與就業的煎熬……一切未曾經歷過的人生，促使了不識愁滋味的自己，開拓用功與思考，也不斷的記錄了那接踵而至的心路歷程。

收集在書中的十八篇作品，就是初抵異域那幾年的創作。有聽來的故事，有發生在身邊的事實，也有心絃震動之後的創作。如今，我仍訝異於那曾經存在的問題，二十年後的今天，仍然存在。也許，人生就是一連串不斷發生的問題所構成，我們的心智也在尋求問題的解答中拓展、成熟。

不，我們不必因人生中有許許多多的衝擊而退縮，正如心理學家史格特❶所言：「人生是有問題的。」

近十多年來，由於所學的教育，把我的寫作方向導向了生活散文，試著以教育的方式，化解生活中的困惑與失衡，用一種理性而透視的眼光看待生活，因此再次看到自己早期的作品時，自然不免驚訝於那未經理性洗滌過的原始性，然而，文學中的真，不也因為存有原始的真情而可貴？雖然在寫作上，多了一些輕愁與稚嫩，卻也因此而保持了那一份青春的純摯。

我真的要感謝三民書局，有機會讓我再回顧擁有過的青春歲月，讓我的舊作重新篩選出版，可以與更多的讀者相識交流，也可以讓我再一次面對曾經讓我心神起伏，不得不熬夜寫下的故事。

❶ 史格特原文為Scott Peck，著有*The Road Less Traveled*。

〈瑞奇與黛安〉中青少年的寂寞心聲，和今日的少年，並無差別。〈有兩個名字的男孩〉中，雙語與雙重文化的困惑，今日小留學生的問題更甚於十多年前。〈蓬山一萬重〉中兩地夫妻的掙扎，也許今日更普遍，但也適應得更好，因為兩性的差異已逐漸淡化，但是問題仍然存在。書中篇幅最多的是愛情故事，〈花車〉、〈踩著碎夢〉、〈情歸何處〉、〈秋去也〉……但是，落在心底的落寞，急於找人分享的情懷，並未因歲月流轉而消失。人性中，那份愛與被愛的需求，在科技化、現代化的世界中，仍然存在，也許在人與人疏離的社會中，更顯嚴重。

也許其中有幾篇的結局我想改變，那就是〈花車〉與〈燃燒的眼睛〉等，不過，我保留了原貌，我讓讀者去批判我曾經有過的青春和未經磨練的天真。

我高興我在年少的時候，記下了生活痕跡。

我欣喜我已走過青春，寫下了心情故事。

我不敢期望每一位愛讀我作品的讀者朋友會喜歡，但是，如果能與我一起分享青春的愛、年少的情、發生在異鄉的生活小故事，也許會激起些許遐思玄想，那也是生活中，小小的樂趣吧！

感謝三民書局編輯部的年輕朋友，他們有效率的工作表現；更感謝在文學無用論的現代社會中，三民書局始終提供了一塊淨土，讓我們揮灑，也讓我們保存了文學的心靈去欣賞生活中的點點珠璣。

一九九八年三月北卡

嘉麗小築

燃燒的眼睛

目次

2 燃燒的眼睛

馬文的生日

馬文是一隻貓，一隻很普通的貓，牠既不是向可華筆下的天才貓，也不是電視廣告上會跳恰恰舞的頑皮貓，牠和一般成千成萬的美國家庭所飼養的貓沒有什麼不同，黑灰色的毛，灰濛濛的眼睛，胖嘟嘟的身子，牠們早已不會捉老鼠，因為過胖的身子總使牠們跑兩步，歇三步。牠們倒都有一種本領，這是我最近從幾個養貓的朋友處觀察到的，牠們一見到人就在地上翻滾，然後把肚子朝上，四腳朝天，等人去抓牠癢。

第一次看到馬文是去年聖誕節，牠的主人哈理斯和南茜夫婦請我們去吃聖誕大餐。哈理斯是外子的同事，系裡最年輕的助教授，剛從加大拿到學位，人非常隨和，頗有加州人的熱情和爽朗，他的太太南茜，是瑞典美人，在美國長大，本來學的是德國文學，後來改學藝術，長得非常秀麗，穿著一身她自製的長禮服，穿梭於十幾個賓客之間，輕談淺笑，都有一股迷人的風韻。我隨著她的轉動，看到了室內別緻的設計，她自己用油漆在一面廣大的牆上畫著彩虹，所有的裝飾皆與之相配襯，她得意的向客人展示她的作品，偶而多情的和她的丈夫親密的擁抱一下，或忘情的一吻，一切都那麼自然輕柔，好像她生來就是如此的熱情嬌媚。

南茜不僅人美，菜也做得好，正當大家在享受這佳肴美酒之際，我的腳下溜出了一隻大黑貓，不料牠一跳，選上了我的膝蓋，「咪咪咪」的向我示威。我急忙把口裡的食物吞下去。

「咪！咪！咪！」牠又叫了。

客人們停止了談話，一起把目光轉向了我。哦！不，轉向了黑貓。

「牠是馬文。」主人得意的宣佈，像是展示他的得意兒女。

「嗨！馬文。」客人們討好的向馬文問好。

我喝了一口香檳酒，看看主人並沒把馬文叫下去的意思，我只好放下杯子，靜觀其變。

「咪！咪！咪！」馬文看著我把酒杯放下，又怪叫起來了。

「牠想喝杯酒，」哈理斯寵愛的看著馬文：「牠是喝酒能手。」

我看看還有一大半的香檳，伸手放到馬文面前，牠果真舔呀舔的，飲起來了。客人們見狀大樂，爭相讚美，輪流撫摸。

馬文在客人間咪來咪去，大家的臉上都有最甜美的笑，傳到外子時，他謙讓了，我聽到他說：

「對不起，我的皮膚對貓毛有敏感。」他似真似假的說，接著有些客人也說有敏感症，於是馬文才被放在地氈上，翻出了肚子，四腳朝天，等牠主人給牠抓癢。

大家看著馬文下去，才又拿起刀叉，舉起酒杯，開懷大吃。

※　※　※

「馬文的生日宴！」我看到外子帶回來的請帖，想起了那隻愛喝酒的肥貓，低低的說：「見鬼！」

可是千真萬確，請帖下寫著：

請來參加馬文的生日宴，並請帶一件富有教育性的生日禮物給五歲的馬文做禮物。

哈理斯與南茜同啟

我看看時間是七月四日，像發現新大陸一般叫起來：「什麼給馬文做生日，是美國國慶嘛！他們大概藉此想大樂一場。」

「大概是吧！反正我已答應哈理斯了，到時候再看吧！」他好像頗懷念哈理斯家的好酒哩！

七月四日那天，報紙電視都有特別介紹，尤其是電視轉播各國船隻使節，來向美國祝賀的盛況。遊行、氣球、鞭炮，好不熱鬧，我坐在電視機前，看那些大大小小的船隻，那些新、舊的船隻，在藍天麗日下，有一種昇平盛世之感。國與國間，若能和平共處，若能免除爭權奪利，這世界該多可愛。

馬文的生日宴訂在下午三點，不巧，下午下了一場大雷雨，我們抵達時已三點多，顯然到得比別人還早。主人迎了出來，意外的看到了他的一隻手掛在繃帶裡。

「怎麼回事?」我嚇了一跳。

「騎摩托車摔的。」哈理斯說。

「南茜還好吧！」

「她沒事，是我帶馬文出去散步時摔的。」

「散步騎摩托車！」我的丈夫大笑起來。

「這樣才夠刺激！」哈理斯說。

「馬文呢？」我想起了今天生日宴的主角。

「牠還在醫院裡。」南茜迎出來，怪難過的說：「還好，休養兩天就可出院。」

我們坐在屋外的日光室喝酒，可惜沒有日光，只有隆隆的雷聲，看來還有一場大雷雨。南茜穿一件「胸兜」，曲線畢露，我們一邊吃著南茜端出來的小點心，一邊喝著啤酒，還有客人陸陸續續的來，他們真請了不少人哩！

「多掃興，七月四日，美國的兩百年生日，卻碰上這鬼天氣。」我聽到一個客人一邊走進來，一邊嘟噥著。

「可不是，」南茜接過了客人手中的禮物：「馬文不知多失望，今天是牠的生日呢！」

桌子上堆滿了客人帶來的五顏六色用包裝紙包好的生日禮物，當然話題也總是繞著那隻正在醫院養傷的馬文轉。

「其實牠只是擦破了一點皮，」哈理斯用他的一隻手為客人調酒：「我們怕牠會破傷風，所以，請醫生給牠再留院檢查一下。」

「也有給貓住的醫院嗎？」白太太吃驚的問。

「當然有，」幾乎是異口同聲：「小孩子有什麼，動物都有。」

「牠們比小孩子還叫人疼。」高大的安迪熱切的說：「小孩子會不聽話、還嘴、吵架，長大了還吸毒，多討厭。」我看著他，才發現他懷裡還抱隻貓，乖乖的任他撫摸。

「難怪你們不要生孩子。」有三個女兒的愛克太太說。

「生孩子幹什麼？太貴了，誰供得起！」安迪的太太不以為然的叫起來：「我們才懶得去受這個罪。」

「我也覺得犧牲太大。」南茜也附和著說：「你看，為了一個孩子父母要付出多少心血，操一輩子心，划不來。」

「我的一個朋友的媽媽，自己是碩士，生了三個孩子後，就待在家裡帶孩子，咳！你猜怎麼樣，她的丈夫後來跟一個女秘書好了，孩子們一個個成了問題少年，她只好整天酗酒。」像在說一個故事。

「那有什麼，」哈理斯也插進來說：「我的哥哥和嫂嫂都在做事，可是他們已經有好幾年沒度假了，只因為他們大兒子明年就要上大學。」在美國不度假好像很丟臉。

「真的，說到度假，你們今年打算去那裡？」坐在角落裡的保羅，對玩最有興趣。

「我們會去歐洲，」南茜興奮的說：「好久就想去了，一直跑不開，現在總算找到藉口了，結婚七年紀念。」

「七年！小心七年之癢哦！」有人開玩笑的說。

這時電話鈴響了，打斷了笑聲。

「哦，我就是，是這樣嗎？真太不巧了，沒關係。好，再見。」哈理斯掛上了電話。

「麥克林太太打來的，他們找不到保姆看孩子，所以不來了。」

「那你為什麼不叫他們把孩子帶來？」南茜責怪她的丈夫。

「帶孩子來？」哈理斯叫起來：「你知道他們有多少個孩子？」

「多少？」坐在桌子邊，胖胖地，不斷吃點心的瑞絲問。

「四個。」哈理斯說完，灌了一大口酒。

「四個，老天，他們是天主教徒嗎？」有人故作幽默的叫起來。

「不是，他們四個全是領養的，」南茜說；「他們喜歡孩子。」

「不可思議！」安迪低低的哼著，手中仍撫著那隻貓，他正到處打聽有沒有人要領養那隻肥貓肚子裡將要出生的小貓。

「既然他們不來，我想我們可以開始吃蛋糕了。」女主人拍手宣佈。

大家一起走向了客廳，我看到餐桌上放著一個特大的蛋糕，上面插了五根蠟燭，蛋糕上擠著漂亮的玫瑰花和一排整齊的字：「祝馬文生日快樂，爹地和媽咪賀」

我覺得很悶，也許客廳人太多太擠，也許外面的雷聲和烏雲使氣壓低悶，我抬頭看看牆壁，那裡有南茜畫的壁畫，另一端有一幅手繡的圖案——上帝保佑這個家，以及一排排馬文的生活照片。

「我想出去一下。」我悄悄跟我先生說。

「等一下，看看他們耍什麼花樣。」他很有興趣的拉住我的手，又往前擠了一步。

「什麼？」主人親切的轉向了我們：「你在問我話嗎？對不起，我剛剛沒聽到。」顯然他只懂貓語不懂中文。

我正要告訴哈理斯我要出去一下，丈夫卻搶先一步，代我發言了。

「沒有什麼，我太太說她急著想知道有些什麼禮物。」

我真想狠狠地踩他一腳。

大家望著我們，又看看那一包包的禮物。

「是呀，我們也急著要知道呢！」好多人呼應。

「好，好，那麼，我們就來拆禮物吧！」主人興奮的拿起了禮物，迫不及待的撕開了那美麗的包裝紙。

「一件玩具。」主人宣佈著，我看到了一個小鐵絲做成的，精緻的玩具，專門給貓兒追逐嬉戲的小球。

「一件披風。」

「哇！」眾人大叫，一片讚美聲。

只看到一件大紅的絲絨做成的斗篷，上面繡著「超級貓——馬文」，還配著一根彩帶，正好可以繫在馬文的脖子上，大家爭相傳遞著，欣賞著。

主人又拿起了一個盒子，一層層的剝著，最後，只剩下一個小盒子，盒子上寫著：馬文的生日大餐。

「一隻小老鼠。」主人大叫，興奮使他年輕的臉，滿是紅光。

膽小的女客們發出尖叫聲，我渾身也起了一層雞皮疙瘩。

「這可精彩了！」哈理斯又打開了一件禮物，他的手好像也沒有了痛楚，雖然還掛在繃帶裡，但似乎滿靈活的拆著紙帶。

我看到一本巨型的剪貼簿，封面上貼了一隻彩色的貓，旁邊寫著：「馬文的回憶——一到五歲的生活片斷。」

外子向前擠過去，他向來好奇，尤其是對藝術，看著那麼精心獨到的作品，就急欲一睹為快。

「我幫你唸算了，我看你的手不太方便。」他說。

「真謝謝你。」哈理斯把那本巨著遞給他。

「第一頁，」他把剪貼簿舉得高高的翻開了第一面，讓大家看：「馬文的大小便訓練期。」只看到畫上，一群貓，圍著一個大馬桶，旁邊蹲了一隻小貓，「那是小馬文。」

「第二頁，」他又翻開了一頁，「馬文的大餐。」又看到圖上堆積如山的魚兒，馬文正蹲在地上啃著一隻小魚。美味無比，有如快活的神仙。

「第三頁，……。」

「我畫得不錯吧！」我旁邊的媚麗低低的問我。

「妳哪裡弄來那麼多畫片？」我不得不佩服她的想像力和創造力。

「我們一起在各種雜誌和畫報上找的。」「棒極了。」大家爭相傳閱著那本藝術巨作——馬文的回憶。

我看看那滿桌的禮物，主人又一件件的拆開看著，夾雜著眾人的驚訝感嘆聲。我卻對盒子裡的小老鼠特別關心，隔著一層薄薄的小紙盒，只聽到牠亂抓亂爬的聲音。是否牠已感到將被吞噬的命運而急欲逃跑？

「生日快樂」的歌聲，響起了，我悄悄的溜到屋外，對於那精美的蛋糕竟無半點食慾。

遠方的烏雲頻頻密集，雷聲隆隆，突然一道閃電，震撼山河，雨，終於傾盆而下了。

我被屋內的騷動聲驚醒了，摒棄了欣賞雨景的雅興，匆匆進入屋內。

「糟糕，小老鼠不見了，妳有沒有看到？」有人一看到我就迫不及待的問。

我搖搖頭，做一個無奈的笑，只看到哈理斯和南茜夫婦爬在地氈上，焦急萬分的尋找著那隻將成為馬文生日大餐的小老鼠，大家也跟著到處找尋。

窗外雨聲淅瀝、雷電交加。

「多掃興，美國的兩百歲生日卻碰到這個鬼天氣。」現在我才看到，那是威斯老先生，他一下午都不停的在唸唸叨叨著這句話。

「可不是，馬文一定失望死了，」南茜從地上爬起來。「明天得去把牠抱回來捉老鼠了，只怕牠已經忘記怎麼捉法了。」南西一臉的懊喪，不知是因為馬文的生日碰到壞天氣，還是因為小老鼠溜跑了，也許兩者都有吧！

瑞奇和黛安

「瑞奇死了！」黛安一看到我就傷心的說，原本開朗的臉上佈滿了憂戚。

「怎麼可能？」我驚訝的大叫起來。昨天還看到牠活蹦亂跳的跟在黛安前後，怎可能死了？

「昨天在回家的路上，牠幫一個小孩撿皮球，被一輛急駛而過的車子當場輾死。」淚水成串的從黛安的臉上流下來。

我摟著黛安，輕輕的拍著她，我說不出一句安慰的話。

瑞奇是黛安豢養的狗，牠跟隨黛安好幾年，不止是黛安的寵物，也是她的親人。我知道牠在黛安心中的份量，也體會得到黛安失去牠的傷心。

認識黛安，是在學期開始時，我們同選湯普生教授的「青少年讀物」(Material for young adult)而相識。她是教育系的學生，她那明豔的外表和她爽朗的笑聲一樣，很容易吸引別人的注意。

第一天上課，湯普生教授大略的介紹了這門課的重點，以及一大堆要看的參考書。所謂青少年，也就是十二三歲到十八九歲的孩子，由於成長的過程和心理的成熟度不同，這段年齡的孩子很容易激動、反叛，甚至極端，如不善以引導，就會發生問題。她特別提到「性病」在青少年問題中的嚴重性，在美國，幾乎每兩個患者中就有一名是未成年的孩子，如何引導他們從閱讀中得到適當的啟示或培養他們的氣質，都是這門課的要點。

「為什麼我們美國社會這個問題特別嚴重，是值得探討的。」黛安在上課前的自我介紹中這樣說。她有一張姣好的臉龐，聽了她的問題，我更發現她的腦子裡充滿了智慧。

「對，黛安，妳的問題非常正確。這個問題留給你們去深思，等學期結束時，我們再來討論。」

湯普生教授很瀟灑的從她坐著的講臺跳下來，開始發給我們許多印有統計數目的資料。我們全班二十多人圍成一個馬蹄形狀，除了湯普生教授可以在馬蹄形內自由活動，坐上任何一個學生的桌子外，我們討論問題時也可以看到每一個人的臉。

湯普生教授是圖書館系的大牌教授，所謂大牌是她的課只限二十個學生，絕不多收，常常有許多學生向隅。她選的教材又新又廣，每年不同。由於是圖書館系，她自己更是讀得既多且博，幾乎沒有一本新出的書能逃過她的眼睛。她的博學和認真，在學生中一向評價很高。

發完了一大堆講義、資料，湯普生教授又坐回了講臺：「我念幾段訪問報導給你們聽，也讓你們了解今日美國青少年的心聲。」

湯普生教授又從她的大箱子中抽出了好些書，開始用她清晰的口齒，讀出了一些孩子們的作品：

「傑利，十七歲，英俊，敏捷。

我的父親每週工作一百小時，他把工作帶回家，而且連假日週末也去辦公室。他從沒時間跟我們說話，連在餐桌上他也是在看公事或電視新聞。他不准我們打攪他。我告訴他，他工作太辛苦了，他說他辛苦工作為的是給我們更好的生活。為了金錢而付出如此的代價，到頭來，誰又在乎？」

「華倫，十八歲，優秀學生。

十年來，沒人嚴肅的和我討論過問題。我父親不是那種能坐下來聽你說話的人，他只說不聽。當我告訴他問題時，他不是睡著，就是跳起來指著我告訴我該怎麼做。他毫不尊重我的判斷能力。」

「可利士，十七歲，聰明，外向。

我和我的父母沒什麼問題存在。我上學，回家，他們不聞不問。我選學校，他們不聲不響，從不問我想學什麼，想去哪一個學校，他們付錢就是。

他們有的是錢，錢能做一切事嗎？

他老是說我大到足夠選擇自己的路子。天！我多麼希望有人能指點我。家庭中的每一分子不是該互相關心、互相了解嗎？我常常覺得好孤獨，為什麼他們不試著了解我？接近我？」

「喬士，十七歲，足球校隊。

我父親和我只有兩個話題：分數和汽車。如果我拿了C回來，他提醒我，他是哈佛的優秀生。我母親只好欺瞞他，偷偷在不及格的成績單上簽字。我的成績向來不錯，也許會進哈佛，但是，我如果不進哈佛呢？大學只是一個開始，又不是結束，不致在我的人生路途構成重大事件。」

湯普生教授放下書，看看凝神諦聽的我們，很沉重的說：「這些都是真實的報導。傑利、華倫、可利士、喬士，及許多類似的情況都會發生在我們所認識的青少年中。他們都是導師、朋友所稱讚的好學生。如果沒有人輔導，誰知道後果會如何？」

「湯普生教授，」我看到黛安又舉起手來，急著發言：「您以為教師或圖書館員能幫什麼忙嗎？如果像上面那種情形發生，父母的責任當然最大，孩子們要的是愛和關心，不是說教。」

「對的。」湯普生教授對黛安點點頭：「問題是，如果問題發生了，孩子們該找誰訴？他們通常找書。譬如父母離婚，受挫的孩子通常找書看，『離婚』是怎麼回事，心理上會有所準備。如果不幸染上了煙癮，無法跟父母講，也只好找書看或與自己的教師討論。在這種情形下，一個教師或圖書館員若是大驚小怪，不知從何著手查書，怎能得到孩子的信賴？」

「我就有這樣的經驗。」坐在我右邊的瑪利說：「我十二歲時，父母分居了。有一天媽媽問我要跟她還是爸爸，我急死了，不知怎麼辦。我到圖書館找書，看看離婚是怎麼一回事。我拿了書，在櫃臺上登記，那個戴近視眼鏡的圖書館員很嚴肅的對我說：『哦，甜心，妳看這種書不是太早了嗎？』她收走了我的書，我突然委屈的大哭起來。」瑪利不好意思的笑了一下。「我那時心理負擔太重，又沒人能幫我。結果，我高中沒畢業就結婚了。當然這個婚姻沒維持多久，不然，我現在也不會又回學校念書。」

許多人舉手相繼發表了自己的經歷和看法。我發現每個人都很認真，而且對自己有過的經歷也不引以為恥。她們只是希望別人不要再重蹈覆轍。

一節課上得非常熱鬧，全班二十人大家都先後舉手發言。下課後，又圍著湯普生教授問個沒完。最後剩下黛安和我，其他的人又趕著去上別的課了。

「妳下節沒課？」黛安友善的問我。

我搖搖頭：「我只選這門課。」

「為什麼？難道妳的國家也有嚴重的青少年問題？」黛安好奇的看著我。

「正好相反，只是現在沒有問題，不見得永遠沒問題。」我引用湯普生教授的話：「多知道、多瞭解總是好的，可以避免發生同樣的事件。」

「我覺得東方人的社會結構和我們不同，家庭觀念比較重，應該不會有這麼深的代溝產生。」黛安說。

「妳怎麼知道得這麼清楚？東方和西方是不同，代溝當然有，只是層次不同。」

「我在東方住了兩年多，我父親是職業軍人，我們跟著他到處跑。」黛安說著，抱起了一大堆書本：「我喜歡東方人的父子、兄弟、夫妻、朋友以及親戚間的親情，美國人比較重視個人主義。」

「個人主義也沒什麼不好，比較可以發揮自己的潛能。」我說著，也抱起了我的書，一起往外走：「問題是，一個十幾歲的孩子，需要的是充分的自由開放？還是親友的關懷愛心？他們需要妳的意見時，父母如果太忙，或無暇顧及，只告訴孩子自己決定，說好聽的是尊重孩子，不好聽呢，那就是父母偷懶，不盡責任。」

我們一邊說一邊走，走到了教室外面的長廊。午後的陽光灑滿了靜靜的走道，窗外，風拂動樹影，輕輕的煽動著這夏日的燠熱。

黛安用手往嘴裡一放，長長的吸了一口氣，一聲劃破寂靜的口哨聲，把我嚇了一跳，也驚走了那一排躺在日影裡的沉靜。

我正想問她幹什麼時，她的跟前已跑來了一隻黑狗。

「哦，瑞奇寶貝，好乖，好乖！」黛安蹲下身子，疼愛的拍著瑞奇。那黑狗直搖尾巴，喜形於「尾」。我看得出這是一條經過良好訓練和照顧的名犬。

「這是我的寶貝瑞奇，」黛安從地上站起來，跟我介紹她的寵物：「我十五歲生日時爸爸買給我的禮物。牠真是好孩子，幸好有牠，解了我不少寂寞，否則，後來我父母離婚，好友與人私奔，祖母過世，我不知道自己會做出什麼傻事。」黛安真是一個坦率的人，第一次見面，就跟我說了不少她的私事。

我看看那隻已經不小的狗，對黛安說：

「我看得出妳對瑞奇的寵愛。」

「我升初三那年從泰國回來，一個朋友也沒有。我沒有兄弟姐妹，父母又意見不合，爸爸就是怕我太寂寞了，才買了瑞奇給我做生日禮物。」

「妳難道沒有要好的朋友？」我問她。想起自己十幾歲時，總是和一大堆好朋友郊遊、看電影，或聽音樂，那個年紀是最需要朋友的。

黛安笑起來：「就是那麼好笑，在國外，我有許多朋友，大都是女孩子，常常一起逛街、爬山。回到美國後，才發現有那麼大的不同，女孩子們忙著和男孩子約會，男孩子呢，又迷於運動或追求女生。妳如果想找一個人純粹談心，享受友情，不是很容易的。」

我們已經走到了圖書館大樓外面的草地，校園裡，熙攘的人群和奔逐的狗群，使我領悟到美國新的一代。瑞奇也興奮的加入嬉戲，汪汪的叫聲，卻也絲毫沒驚動那躺在草地上曬太陽的情侶們。

我們站在陽光下，欣賞著這一片熱鬧的場面。

瑞奇又氣喘咻咻的回來了，牠畢竟年紀不小了。

「要不要到我家喝杯咖啡？我的車就停在那頭。」我對黛安說。

「謝謝妳，今天不去了，很高興和妳談得這麼愉快，改天再去和妳好好深談。」黛安說完，我們就互道再見。

我們上的是暑期班的課，課程比較緊湊，一個學期的課要在八週上完，所以每天都有課，每週都有一大堆書要看，有報告要交。

湯普生教授收集的教材很廣，我們分期刊、專欄、讀物三部份，討論書的內容和讀後感。又分酗酒、吸毒、暴力等問題，各自收集資料，發表專題討論。我們一方面從閱讀報導中了解真實的社會，一方面也從廣泛的閱讀中增進對事物的看法及判斷。

因為我和黛安選的是同一問題，我們接近的機會多，兩人意見相投，因此非常親密。我喜歡她爽朗的個性，也喜歡她好學不倦的精神，她對問題總是能看得很深、很廣，絕不囿於自我的主觀。

有一天，下了課，我們剛交完報告，一身輕鬆，就一起走到餐廳喝咖啡。那時我正在看一本有關吸毒的小說，書名叫「去問愛麗絲」(Go ask Alice)。我實在很為書中那女孩難過，她生於良好的家庭，只因不慎失足，掙扎又掙扎，最後還是逃不過命運的擺佈。「她不應該死。」我跟黛安說。

「我也吸過毒，卻沒死。」黛安告訴我時，我以為她在開玩笑，看到她一臉嚴肅，才知是事實。「我只是想引起父母的注意。就是那年，他們吵得很兇，我吸毒，他們一點也沒發覺。幸好學校發現得早，把我們捉起來。」黛安漂亮的臉上有一絲陰霾。「我父母知道後，真是操心死了，可是，有什麼用？最後還是離婚了。」想不到才二十出頭的黛安有那麼曲折的歷史。

「妳那麼快樂，簡直看不出父母有不美滿的婚姻。」我說。

「我是不快樂的。那時，我才十六歲，天天生悶氣，回家見不到半個人，只有瑞奇，忠心耿耿的迎送我。爸媽離婚後，不久就各自又結婚，我不願和爸爸再住下去，就帶著瑞奇和我一些衣物住到祖母家。」

黛安喝了一口咖啡，繼續說下去：「我整天不說話，上學，回家，我很想哭，痛痛快快的哭，抱住一個人傾訴我的鬱悶。但是，誰呢？祖母年紀太大，我不忍心使她操心。我不能找同學訴苦，因為每一個人有每一個人的煩惱。男孩子請妳出去，只要和妳有一段好時光，誰聽妳的煩惱？女孩子呢，妳能把妳的傷心事向她說盡又抱著她與妳同哭？有人會以為妳有同性戀癖。我只好獨來獨往，唯一忠實的良伴就是瑞奇。我抱著牠默默流淚，我跟牠傾訴煩惱，牠都是靜靜的聽著，絕不會笑我的痴傻。」

黛安拍拍那蹲在旁邊的瑞奇：「牠真是好狗，我出門牠送我，我回家，也只有牠老遠就跑來迎我。我一直半工半讀，也多半獨來獨往。當然我也跟男孩子出去，但是，我受不了他們的功利，我不是容易妥協的女孩子。」

「妳怎麼想到選讀教育？」我問她。

「我主修中學教育，因為我發現這個年齡的孩子最脆弱也最徬徨，而偏偏許多父母的婚姻在孩子長到這個年齡時破裂。」黛安把咖啡喝完，又倒了一杯：「妳一定覺得很好笑，美國人的心很淺，他們的愛都是掛在嘴上，他們的情都是行動表示，他們對親情、友情也看得很淡。」

我笑起來了，對黛安說：「這樣太不公平，妳把你們美國人批評得一文不值，事實上，也有許多有心人，真正關心別人，熱心公益。」

「當然，」黛安笑著說：「我自己就是。」

※ ※ ※

黛安仍痴痴的坐在草地上。

陽光，柔柔的圍攏著她，一頭閃亮的金髮，垂肩而下。她雙手抱膝，一臉悲戚，那雙清澈美麗的藍眼睛，無視於她眼前熙攘的人群。

自從她告訴我瑞奇死了之後，她常常這樣楞楞的坐一下午，已經快有兩週，她沒有出現在教室裡。

「嗨！黛安。」我在她面前停下來，決定採取行動：「又不去上課了嗎？」

她看也不看我，只輕輕的搖頭。

她那樣子，叫我又氣又擔心。湯普生教授已經問了好多次：「黛安病了嗎？黛安出城了嗎？」一向好學多問的黛安，一缺席，任誰也會發現異樣的冷清。

「我知道妳心裡很難過，黛安。」我也坐下來，和她並肩坐在草地上：「瑞奇的死，對妳的打擊很大。牠一直是妳的親人一樣。但是，黛安，妳這樣不去上課，又能怎樣？湯普生教授已經問了好幾次，這門課妳又是最有興趣的，妳每天坐在這裡，不去上課，瑞奇會活過來嗎？」我幾乎是生氣的對她叫起來，不知她聽進去沒有。

「我只是不想動，我也不想回家，我需要想一想。」黛安低低的說，眼睛仍望著前方。

「我知道妳需要靜一靜，想一想，但是，已經快半個月了，妳這樣子叫我擔心。本來，文憑不算什麼，但是，妳花了那麼多時間，到頭來總不願因為曠課而重修吧？別忘了這是妳最後一學期的課。」

「唉！我顧不了那麼多。妳不懂，妳不懂瑞奇對我的意義。」黛安生氣的抗議著。

「我也許不懂，但是，我也有過這種經驗。」我覺得心底深處的隱痛：「我大一那年，最疼我的叔公突然因心臟麻痺在睡眠中逝去，我沒辦法承認這是事實，前一天我們還一起吃飯、聊天，只一夜之間，他猝然而逝。我哭腫了眼，叫破了喉嚨，但是，叫不回那最疼愛我的人。」

黛安第一次把眼光從遠處收回。伸手到她皮包內拿出棉紙，為我拭去激動的眼淚。

「對不起，簡，我無意激起妳傷心的記憶。我只是從有記憶以來，沒這樣傷心無助過。也許我太寂寞，瑞奇就像是我自己的兄弟姐妹，也像我知心的朋友。我受不了失去牠的痛苦。」

「妳就受得了妳的好友為妳操心擔憂？」

「謝謝妳，真的，從來沒人像妳那樣對我又吼又叫過，沒有人在乎過我，也沒人愛管我的閒事。」黛安說。

「閒事，也許。如果我不是妳的朋友，我就不去過問妳的私事，妳儘管坐在這裡一個月、半年，我也不來吵妳。但是，誰叫我是妳的朋友？」

黛安笑起來。近兩週來，我第一次看到她綻露笑容。

「妳贏了，走，上課去。」她從草地上站起來，環視著四周，鈴聲已經響過，熙攘的人群已進入課堂內，廣場上只有三五學生以及躺在草地上歇息的狗群。黛安凝視了許久這一片冷清，突然又把手指放入了雙唇之間，吹出了悠長的口哨。

一聲聲尖銳響亮的口哨聲，劃破了寂靜。

口哨聲後，沒有瑞奇的身影。

口哨聲後，也沒有了在黛安後面追隨多年的影子。

我看著她彎下腰，拾起了地上的書，淚水滴落在青綠的草地上。

「我只是積壓得太久。我聽慣了自己的哨聲，這麼多年來，我的口哨聲一直有反應。現在是最後一次聽它了。」

我們默默的走向圖書館大樓。

我們走入教室時，湯普生教授已經站在講臺上了，她關懷的眼神特別注視著黛安。黛安已恢復了她的從容，很有禮貌的說：

「對不起，湯普生教授，我們遲到了。」

湯普生教授笑笑，點點頭，開始講課。

暑期班到了尾聲，我們分別討論了青少年的各種不平衡的行為，目前正在歸納這些行為，共同討論。

黛安靜靜的聽了各組的報告之後，沉默了許久。

「湯普生教授，」黛安終於站起來：「我可不可以提出一個問題，讓大家討論？」

「當然可以，黛安。」湯普生教授鼓勵的向黛安點頭，她一向主張學生多想多問。

「記不記得開學第一天我曾經提出的問題？就是為何青少年在今日美國的社會造成越來越嚴重的問題？」

「是的，我記得，我說過這些問題留待你們去深思、去探討。」湯普生教授說。

「我發現這個問題和狗有關聯。」黛安說。

「狗？」幾乎是異口同聲的叫起來。

我看看黛安，她總不會因為瑞奇的死而傷心得神經失常吧！

「是的，狗。我們美國人對同性戀特別敏感，你可以養狗，可以抱著狗親熱，但是，你不能和一個同性相擁或牽手，人家會指責你有同性戀癖。」

黛安忍不住嘆了一口氣：「我自己就被人指責過。我記得我從東方回美國那年，我父母失和，我傷心的抱著一個好朋友大哭，我無助的想拉住什麼，但是，我的同學笑我，說我有同性戀癖。多麼奇怪。我在泰國、日本都住過，我們女孩子上街都手牽手，高興起來，相擁大笑，沒有人覺得奇怪，在這裡，妳可以和異性相擁，和動物打成一片，但是，絕不能和同樣性別的朋友如此親密。想想，一個十幾歲的孩子，他（她）最需要的是愛和關心，如果不幸他的家庭破碎，他最想捉住的就是一個依恃。父母既無法把他摟在懷裡疼，從同性的朋友那裡也不能得到安慰，他（她）只好把這種需求轉向異性或動物。十幾歲的孩子，生理的接觸就造成了許多意想不到的後果，所以，有那麼多的未婚媽媽，那麼多的社交疾病(Social disease)，以及那麼多的狗。」

黛安侃侃而談，可見這個問題在她腦中盤旋已久。

「我有一隻很忠實的狗，跟了我好多年，最近被車子撞死了，我很傷心，我想捉住什麼，隨便什麼都好。一件溫暖而有血性的東西，讓我好好大哭一場。我已經二十二歲了，還是這麼脆弱，可以想見，一個十五、六歲的孩子，要是碰到巨變或失去生活的依恃，會是如何？他們需要的是愛和關心，有了愛，才有信心，他們才會勇敢的走下去。」

湯普生教授看著黛安說完，坐回位置，一時，全班寂然無聲，大家都在思索著這個耐人尋味的問題。

「妳的見解非常的突出，」湯普生打破了沉默：「但是，那畢竟只是妳個人的感受和觀察，我雖贊同妳，但是，我不敢說妳的看法一定正確，因為沒人做過調查及統計。我相信，人，除了嘴能傳達語言促進人類的溝通外，無言的感覺也是很重要的。嬰兒需要懷抱，孩子受挫後渴望父母的慰藉，都是很正常的現象，不管文明再如何發達，人類再如何進步，人與人之間的關懷和愛心絕不能消失的。希望妳們記住我的話，把妳們的愛心獻給需要幫助的青少年們，因為他們之中有太多寂寞的心。」

八週的「青少年讀物」課很快過去了，我發現我的收穫很大，除了成疊的讀書卡以外，也觸動了自己思想的深處，接觸了許多新的觀念和知識。

黛安於暑期班結束後就執起了教鞭，開始她畢業後的新生活，我則離開了伊大，繼續我在兒童文學方面的探索，每當我看到校園裡成群的狗群奔跑其間，我就想起了黛安，也想起了一九七三年那個夏天與她一起共同討論青少年問題的時光，那個充滿了智慧和沉思的時光。

雪人

從雪中走入屋內，一股暖氣使他僵冷的四肢暖和了許多。

「我回來了。」

他一邊掛好衣帽，一邊往屋內叫喊。

沒有回音。

他倖倖的拿了報紙走入起居間，才看到雯如正蹲在地上用毛巾吸著地氈上的水漬。

「回來就回來，哇啦哇啦的叫什麼？」她說完繼續擦她的寶貝地氈，臉上有比外面的冰雪還冷的霜。

他覺得很沒趣，不知從什麼時候開始，她那張溫柔可愛的臉，開始佈滿了冷霜，也許繁瑣的家事和忙碌的主婦生活使她再也笑不出來了。

「怎麼了？」他走過去，看到地氈一灘灘的腳印，心中知道了大概。

「你那三個寶貝兒子的傑作，一趟趟進來出去，出去進來，滿腳的雪，就往廚房裏找吃的。」

雯如一口氣說完了，好像心中輕鬆了些，從地上站起來，拎著水桶抹布，逕自往廚房搓洗去了。

他站在窗前，望著窗外的白色世界，雪已經停了，但是堆滿了後院、走道。樹梢屋頂也垂掛著晶瑩透亮的冰柱，孩子們正興奮的打著雪仗，四歲的老三，擠不進哥哥們兇猛的雪仗，和他的小朋友正忙著堆雪人，他們完全忘記了這零下寒冷的氣溫。

也很想走出去與孩子們打成一片，但已過了那種年齡，生活的模子，定住了他，家——醫院——診所，永遠是如此規律不變的直線，當年的豪情壯志，早已隨著時光，點點滴滴的流盡了。

已經是三個孩子的父親了，老大都快和他一樣高了，看他那細長的個子，打起雪仗來可還是一付小孩子的衝勁哩！可不是，才十二歲，本來就是孩子嘛！自己常常把他當大人一樣，討論問題，到最後，總是不歡而散，你怎麼能期望十二歲的孩子會有和你一樣「蒼老」的腦袋，你是太需要有人談話了，但是誰呢？

廚房飄來了陣陣的炒菜香，引起了他的食慾，中午那兩片三明治，說什麼也比不上家中熱噴噴的飯菜的，很想走到廚房去幫幫雯如，順便偷吃一點剛炒好的菜呀什麼的，但是，想她臉上的冷霜，腳跟就停住不動了，剛好雯如從廚房探出頭來。

「可以吃飯了，把大毛、二毛、三毛叫進來吧！」雯如仍喜歡叫他們的小名，除了老三，兩個大的已經在抗議了，因為他們的同學都學著用洋腔洋調叫他們大毛、二毛，使他們很受不了。

孩子們進來後，又帶進來一屋子的雪，趕忙叫他們先脫下鞋子再說。

也不知道雯如怎麼那麼寶貝她的房子，自從買了房子後，她整個人彷彿成了房子的奴隸似的，整天神經緊張，深怕孩子弄髒了這，破壞了那，反不如住小公寓時那麼自由自在了。

孩子們的臉被雪凍得紅紅的，兩個大的，仍不停的談著剛才的雪仗，滿口嘰哩呱啦的英語。

「講國語，」做母親的下命令了：「跟你們說過多少次了，在家一定講國語。」

頓時沒有了聲音。

兩個大的停嘴了，一要他們用國語講話，馬上就一片沉寂。

「爸爸，看到我的雪人沒有？」老三總算找到說話的機會了，很得意的炫耀著，只有他還是一口國語，只怕上學後，也和哥哥們一樣，洋腔十足了。

「你的雪人太小又沒有特點，一點也不吸引人。」二哥不屑的批評他。

「明天早上風一吹，太陽一照，就變成一灘水了。」大的也奚落他。

「你們怎麼可以不陪弟弟玩，還儘在逗他。」做母親的抱不平了，雯如是十足的中國女性，兄友弟恭，孩子們這套西方的你爭我奪，常常氣得她不知如何是好。

「沒關係，小毛，爸明天幫你做一個又大又壯的雪人。」

「真的？爸爸，你答應了，別忘了！」興奮的眼睛閃著亮光。

「爸爸也會做雪人？」兩個大的帶著疑問的眼光。

「你爸爸做的雪人，又高又大，很神氣的。」雯如望了他一眼：「只是太陽一照，不是也和別的雪人一樣化成一灘水？」

他笑笑不語，多久了，不曾在雪地上打滾，不要說做雪人，即使在雪地上走走，領受那一份白色世界的沉靜也沒有。車來車去，一層層鬆軟細白的雪在他的車輪下變成了烏泥，他失去的，不僅是在輪下滾過的雪花，同時也失去了那種在雪中奔馳忘形的豪情。

「明天，真得抽空陪孩子們玩一玩了。」他想著，又看看在水槽邊收拾碗盤的雯如，他的歉意更深，多久未曾在家好好陪她和孩子們了，為了診所每天忙得席不暇暖，雯如放棄了自己對藥學的研究，陪他搬來這小鎮，沒有朋友，沒有親人，即使是一個黃面孔的東方人也沒有。醫院中來往的病人，從他手中接下來的白的、黑的嬰兒，每天總有好幾個。

「生命的喜悅」、「新生的快樂」，他不再有這種衝動了，彷彿那只是他的一個任務，或者說是一個職業，他的冷靜沉著獲得了產婦的信賴，卻不知那也是自己所唾棄的麻木和冷酷。他們付錢，他出力，錢，使他有了房子、汽車、舒服的物質生活，錢，也使他失去了自我。

「爸，電話。」大毛把話筒遞給他。

是醫院打來的，下午就已陣痛的馬克林太太，已經進入產房，要他馬上去接生。

他拿起了衣帽，披上圍巾，從車房裏把車子倒出來，雪仍然飄落著，一家家深垂的窗簾，透露著昏黃的燈光，也勾劃出雯如那對幽怨的眼神。他多麼想倒回去，在家享受壁爐的溫煦，家裡的樂趣，但是他卻用足力氣，踩動油門，向醫院開去。他早已失去選擇的能力，自從他踏上這個國土，加入這競爭激烈的社會，他能做的，只有賣命！賣命！

車燈正好照到下午三毛做好的雪人，矮小、孤伶的站在雪地裡，他彷彿看到雪人臉上掛著兩行淚水滂滂而下。

蓬山一萬重

來是空言去絕蹤，月斜樓上五更鐘。夢為遠別啼難喚，書被催成墨未濃。
蠟照半籠金翡翠，麝薰微度繡芙蓉。劉郎已恨蓬山遠，更隔蓬山一萬重。

——李商隱

她走下機艙時，並沒有特別的興奮之感。天，仍然蔚藍，南部的天氣仍然燠熱，雖才初夏，已有一股叫人熱不可當的暑氣。她手提著小旅行箱，一手牽著三歲的女兒，隨著人潮走出機場的閘門。

「爸爸。」女兒眼尖，一眼看到了等在閘口的父親，飛奔過去，做爸爸的，也歡欣的伸開了雙手，舉起了女兒。

她站在旁邊，看著他們父女的歡聚之圖，有種被冷落的委屈，丈夫適時的伸出了右手，輕摟著她。

「怎麼樣？飛機上還好吧？明明乖不乖？」

「明明好乖，坐飛機真好玩，我還看了電影。」女兒搶著發言，一雙烏亮的眼睛洋溢著興奮。她真羨慕小孩子的精力充沛，雖才五、六小時的飛行，但由於N鎮是小城，轉機換機，停停飛飛，她整個人已累得話也說不出來了。

坐進車子，她才開始端詳著將近半年不見的丈夫，不到四十，卻已有了些許的白髮，微蹙的眉頭，載負著過多的鬱悶。

「你好像比我上次回來時瘦了些。」她用手撫摸著丈夫微髭的面頰。

「還不是一樣，大概是該刮鬍子了。」丈夫握住了她纖小的手，「這次可以住久些吧？」眼睛雖平視前方的公路，她也感覺得到語中的迫切。

「也不能太久，六月初又有暑期班要教，我也給明明報了名參加夏令營。」她一口氣說完，看著丈夫黯然的眼神，不知為什麼，竟然感到像做錯事那樣的不安。

她可以不教暑期班的，但是，那門「家庭討論課」是她自認很有心得的，她不願錯過機會，她如教得好，受到學生的好評，對她的升遷當然也大有幫助。

她也可以不接C大的薦書，就在南部的學校，找個教職，既可和丈夫在一起，也省去了許多旅途的顛簸。但是，她還是毅然的捨棄了兒女私情，獨自帶著女兒，北上就職，從小突出的表現，養成了她好強好勝的雄心，她雖愛自己的丈夫，卻更驕傲自己的成就。如今找事那麼難，她能得到C大教職，真是不易，如何能輕易丟棄？

「你暑假有課嗎？」她突然興奮的看著他：「你何不和我們一起北上，南部夏天太熱，你正好去度假，也順便看看那邊有沒有機會？」好像這樣，她的歉意可以減輕些。

「我也跑不開，有一門課要開，而且那個研究計畫再不弄完交出，明年別想有研究費做實驗。」

「有希望弄到研究補助費嗎？」她關心的問。

「很難，競爭太激烈，現在學術界還不是也搞人事關係。」他頹喪的說。

「所以嘛，我一直叫你出去跑跑，試試運氣，N鎮那個小學校，人家很難給錢。」她的積極態度，多少傷害了他，他皺了一下眉頭。

「我就是不喜歡搞這些雜事。」

他用力踩動油門，飛奔向前，像是要擺脫她的逼視。

抵達家門，天已全黑，抱著熟睡的女兒，他們一級級的爬上公寓。打開門，一股濃重的煙味夾著各種怪味，瀰漫在空氣中。地毯上淩亂的堆著書、報紙、雜誌，想是為了她們的回來，才臨時理出一條走道的。那景象使她想起了他們一起在C大讀書時，兩人的「亂窩」，特別是女兒才出生時，兩人正忙著博士初考，又忙著乳瓶尿布，那真是她生命中難以忘懷的狼狽時期。

沒想到拿了學位，以為可以理出個像樣的家了，卻反而更糟。她雖很幸運在C大留下來教書，他卻在四處碰壁之後，獨自南來N鎮，過著有家無實的單身漢生活。

把女兒放上床睡穩之後，他反身，雙手把她拉到懷中。

她冷不防他這個粗獷的動作，心中嚇了一跳，口中不覺就冷起來。

「你幹什麼?」

「想吃妳。」他邪裡邪氣的說。

這下，真把她惹火了，我老遠跑回來，是給你吃的?你把我當成什麼?我也是有事業有本事的女人，憑什麼讓你吃?但是，她沒發作出來，畢竟多年夫妻，久別重逢，也不要一下就吵翻，而且，她也是累得沒力氣吵了。

「你少胡來，我累死了，要去洗個澡。」她掙脫著，從他的懷中站起來，打開了手提箱，拿出換洗衣服，逕自往浴室走去了。

洗澡缸髒得圍一圈污垢，她沒辦法洗泡澡。每當她心思不寧時，她總是有放一盆熱熱的水，把自己埋進水裡的慾望。而今泡澡洗不成，她的情緒更為之煩躁，好像連彎腰蹲下為他刷洗澡缸的心情也沒有了。這樣一個邋遢的男人，這樣髒的浴室，這樣亂的窩！

打開蓮蓬頭，她細白姣好的身材，頓時被一層水霧包住，身上每一個細胞都張開著，迎接熱水的拍打。她喜歡這種近乎痛楚的激打，她熟悉這種感受更勝於那輕柔的撫摸。她好像已忘了丈夫那雙厚實的手，碰到她時的悸動，他們也曾經如此纏綿恩愛的享受著婚姻生活。即使在別離的日子裡，她太想念他時，就迫使自己去洗一個熱水澡，把自己的心思全放在學問上。在這競爭激烈的國家，尤其是學術界的進退，迫使她像一個過河卒子，勇往直前。她腦中想的，口中講的，全是與自己的事業前途有關的題材，如何多寫一些論文，如何為爭取經費，如何給學生好印象，給同事好評價，甚至在飛機上也在想著暑期班的課程內容。十年寒窗既是為了今朝，豈可不挺起胸膛，勇往直前？

丈夫的熱情把她從另一個世界提了回來，她竟然有一種全然陌生的感覺。憎惡，說不上，至少，不若自己以往那麼全心全意的包容了。

她想起在和學生們討論家庭制度時，經常引起的熱烈討論，尤其是那些大一、大二的女學生，激進的婦運擁護者，總會有許多語驚四座的高論。

「在家庭的角色上，夫和妻是同等的。」

「為什麼一定是女主內，男主外？完全是傳統社會所灌輸的錯誤觀念。」

「男人也可以洗衣服、做飯、管家。」

「當妻子有更好的工作機會，更高的才幹時，丈夫就應該遷就妻子的安排。」

「丈夫可以有外遇，妻子也可以交男朋友。」

「女人也可以玩男人。」

她確實嚇了一跳，看看那些黃毛丫頭，把性當成一種武器，一種特權，她們早已看到了婚姻生活中，性的地位。想想自己十八歲時的天真，與她們相較，是多麼大的差別？那時她只想到，婚姻不就是與自己相愛的人廝守一輩子？在燭光下傾訴著彼此的愛語？在山林間攜手漫步，聆聽著大自然的樂曲？沒有人間煙火，也沒有責任。從小的教育把她囿在一個小小的價值觀念裡，即使現在，自己為了堅持一點理想，一點名位，離家千里外，與丈夫分庭抗禮，在她，覺得是十年寒窗，所為當如是也。但是親人的壓力，朋友的質詢，多少使她感到自己有不盡妻職之嫌。她不是一個冷酷無情的女人，她愛她的丈夫，以及她和他共建的家庭。但是，她也清楚的了解她自己，她不會為一個家困住。她有她自己的理想，她是她自己的主人，不屬於任何人，也不是給人「吃」的，這點，恐怕連與她相處多年的丈夫，也無法瞭解。

尤其是這一兩年來的聚少離多，使她看到的、想到的，都是自己蒸蒸日上的成就，對丈夫的情愛在她自己有意無意間抑壓下去，而至淡遠，而至短小，而至矮了一大截。

走出浴室，滿屋子的煙霧瀰漫，她打開窗子，讓污濁的空氣流失，又為自己倒了杯冰水，坐到丈夫的對面。

「沒看過人，抽煙抽得這麼兇。」她白了他一眼。

「奇怪，和我分別了近半年，回來除了訓我，連碰也不讓我碰一下。」

她不好意思的笑了笑。

「你是該罵嘛！」

「妳難道一點也不想我？」急迫盯人。

「當然想，否則，我回來幹什麼？那麼遠的路，花那麼多機票錢。」

「錢！錢！錢那麼重要？」他微慍。

「當然。」斬釘截鐵的。

「家庭生活更重要，一個家沒有主婦，彼此一年難得見幾次面，算什麼？」

「所以，我勸你北上看看機會。」她理直氣壯的。

「妳也可以留下來，小城的生活更樸素，孩子上學也方便。」

「可惜我追求的不是樸素和方便。沒有競爭，做學問還會有什麼進步？我可不願做一隻井底蛙。」

後一句是用低微的聲音吐出的。但是，她的銳氣，嚴重的傷害了他的自尊，他幾乎從椅子上彈起來。

「妳以為自己是第一流的學者了？」

「我沒這麼說，但是，我盡力朝這個方向走。」她看了他一眼，帶著無限的幽怨：「你以為我喜歡這樣？一個單身女子，又帶著半大不小的女兒，起早趕晚，躋身在大城裡，準備教材，收集資料，只為了在學術界謀一席之地？既然選擇這行飯，不努力行嗎？冬天，路滑雪多，我要趕著教課，又要接送女兒上學，我多麼需要你的支持，可是，你在哪裡？」她嘆了一口氣：「人都是要往上爬的，我不知道你的鬥志哪裡去了？你就這麼安於這種半隱居似的生活？」

他很想爭辯什麼，但是，想想，算了，有什麼好爭的？他已經好久以來就不再爭取什麼了？何況是與自己的妻子？當心靈的距離越拉越遠時，剩下來的，只有夫妻名份了。

他的沉默，大大出乎她的意料之外，你的辯才呢？你的理想呢？她瞪著他，卻一點也不了解他，這個與自己從大學就相識、相戀的丈夫，她竟然有深不可測之感。

她沒趣的站起來，拉開紗門，窗外是初夏的夜空，繁星點點，晚風輕柔，她吸了一口涼空氣，頓然感到舒暢多了，盤據在她心中的名利、事業、雄心、大志，暫時被夏夜的微風吹走。想像著他們也曾共享過的夏天的夜晚，才驚覺到，時光帶走的不僅是逝去的年華，也帶走了太多屬於他們的快樂甜美的時光。難道他們一定要這樣吵吵鬧鬧？這樣彼此傷害？當短短的三週假期結束後，她又將帶著女兒，單槍匹馬的踏上人生征途。白日旅途的疲憊，像那輕柔的夜風，一起圍攏過來。

她不知道丈夫在她背後佇立了多久，當那雙粗壯的手，輕環著她時，像是在黑夜中突然捉到了依恃，不僅沒把他推開，反而回轉身，用自己的雙手，緊緊將他拴住。

當兩顆赤裸的心，拭去了世俗的灰塵，不再為名利、功名困擾時，他們總是緊緊的依偎在一起的。

但是，明天會是怎麼樣呢？風和日麗？還是狂風暴雨？誰也無法預料。

就且捉住這眼前擁有的、美好的夜晚吧！

秋去也

她送他們到了門口，暮秋的風吹蓬了她的頭髮。她一手壓著，對著車窗向婉文說：「幾時再來玩？」

婉文一面繫車子的安全帶，一面愛嬌的看著王大鈞：「恐怕要明年了，大鈞最近很忙，搬了家更不容易了。」

她笑笑，揮揮手，車子嘶地一聲，揚長而去。

站在街心，望著車子消失了蹤影，她茫茫的望著，天邊浮著一片稻黃的夕影，風舞著滿地的落葉，圈起了她小小的影子，才發現葉已落盡，樹已枯透，一陣寒意，她奔入了屋內，相對的溫度，卻沒使她暖起來。

婉文搬出去的那天，她還不放棄最後的機會，一再的問她：

「妳真的考慮清楚了！」

婉文點點頭，放下了手中正綁著的行李。

「考慮多了，等於不考慮，我也想通了，反正就這麼回事，他人還不錯，老老實實地，做情人可能不夠格，做丈夫倒頂合適。」

她看著婉文那雙晶瑩清澈的鳳眼，細細巧巧的鼻子就如她自己筆下的仕女圖，標準的古典美人，怎能想像這麼細緻的人，和那粗粗壯壯的王大鈞站在一起該是一幅什麼畫？

婉文的婚禮她沒有參加，說不出一份如何複雜的心情，婉文本約了她當伴娘的，但她推說工作太忙，不好請假，其實只兩小時的車程，說什麼她也該去的。

她在反對什麼呢？她自己也不確實明白，只覺得誰也不配婉文，她們一直相處得很好，從喬治亞州拿了碩士文憑後，她們就一起北上到紐約找事，合租一個公寓，週末假期兩人一起去吃吃中國城的家鄉味，看一場電影或表演，有時去逛逛百貨公司，她喜歡牽著婉文的手，細細柔柔地，一如她溫婉沉靜的個性，她們一直相處得很好，她不明白為何婉文要下嫁給那連博士文憑也拿不到的王大鈞。

婉文本來是學藝術的，到美國後改讀圖書館，她自己則一直在讀教育，但讀什麼都無關，反正他們到了紐約全派不上用場，婉文做了出納員，成天與錢為伍，心中很悶，常常一個人悶不作聲，她自己則積了錢買了唱機，她知道婉文的快樂就是她的快樂。而婉文是酷愛音樂的。

也有男孩子來約她們，但是，被她一口回絕了。

「那些男生又邋遢、又窩囊，跟他們出去又有什麼好玩？」真的，有什麼好玩？每一個千篇一律的問話。

「妳來美國多久了？」

「妳讀什麼？」

「妳在哪裡做事？」

「妳幾時嫁給我？」

※　※　※

她疲倦的倒向沙發，倒不是忙著招待婉文夫婦而累了。其實婉文來住了一天，倒都是她在忙著。

「我最近學會了好多菜，讓我表演幾手給妳嚐嚐。」

「妳知道風乾雞子怎麼做嗎？下次我做一些送妳。」

「對了，我還會做擔擔麵，大鈞最愛吃我做的擔擔麵了，是不是？大鈞。」

「啊！什麼？什麼？」兩眼盯在電視足球賽的王大鈞，茫茫不知所云。

怎麼結了婚的女人就變得如此嘮叨？她看看婉文那神采飛揚的臉，實在不能忍受她那麼快樂。

「妳最近還畫國畫嗎？」

果然婉文的臉暗了一些。

「哪裡有時間，下班回來就累死了，週末大鈞又愛拉著我亂跑，有時我說我要畫畫了，他就說畫什麼，一筆一勾，急死了，還是來陪我看電視吧。」婉文苦笑了一下：「他是一個足球迷，自己看不過癮，還拉著我講解。」帶著縱然和迷戀。

她望著婉文，瘦瘦的瓜子臉變成了豐潤的鵝蛋臉，沉沉清澈的眼睛迸發著懾人的活力，這是與她合住了兩年多的婉文嗎？

「好球！」粗獷、放肆的叫聲。

她回過頭去看那使婉文改變了許多的男人，他正聚精會神的盯著電視，粗黑的臉，凸出的肚子，未到中年而已微禿的前額，這樣一個男人，不懂婉文怎會愛上的。

那是她們到紐約的第二個春天，婉文為了護照問題，公司答應為她辦理永久居留證，卻也因此牽制了她，小小的公司，除了猶太老板就只有她和另一位中年女人，婉文除了打字，收發還要買郵票、寄信……每天非忙到六、七點下不了班，卻取不到分文的加班費，累得人整個憔悴下去了。

有一天下班回來，竟然旁邊站了個大男人。

「我叫王大鈞，劉小姐在地下火車裡昏過去了，我特地送她回來。」

她看著婉文，果然蒼白的臉上，有份病容，她趕忙扶她進去，為她倒了水，拿點心，卻沒有看王大鈞一眼。

而從此王大鈞卻時時送婉文回來，婉文也不抱怨猶太老板的小器了。時時向她提王大鈞如何如何，她沒承認自己是因為週末假日沒人陪她而遷怒於王大鈞，當然更不承認婉文對她的「歉疚的眼神」是為了王大鈞，但否認歸否認，她的確感到從未有過的落寞和孤獨了。

這份陰影一直壓著她，上班，下班，擠火車，走路，她不懂為什麼婉文那麼「妄自菲薄」，女人難道非捉住男人不可嗎？她們自己可以賺錢，可以享受，為什麼要去找這份累贅呢？

從小她和母親相依為命，她並沒有感到什麼缺憾，母親的精明、能幹，比任何一個男人都出色、成功，她唾棄、卑視男人，因為他們都是邋遢的人。

但是，婉文告訴她，他們要結婚了，像一個怕嫁不出去的老姑娘，急急的捉住了一個人就嫁了，她連婉文也看不起了。

「妳才廿六歲，急什麼？王大鈞有什麼前途。」

她很不客氣的說。

「但是等什麼呢？等愛情長著翅膀飛來嗎？在這人擠人的紐約？何況王大鈞也確是對我很好。」

婉文軟弱的聲音。

「他現在只是一個小職員，將來也只是個小職員，妳……。」

「嫁了個有博士學位的，在人家國家裡還不是個小職員，何況錢又不能代表一切，我恨透了這種飄飄蕩蕩的生活，有一個家去讓自己忙，總比為猶太老板數鈔票、敲打字機好。」

婉文有點激動，音浪也提高了。

※　※　※

「這場球打得糟透了。」

王大鈞站了起來，擁著婉文，那份親熱，就彷彿她是站在電視上那個洋娃娃一樣無知無覺，視若無睹。

「不過，妳的電視很好，色彩鮮明，角度也好，比我們那架二十元買來的黑白電視高級多了。」

她很驕傲的看了一眼電視，是呀！連我的那部跑車也比你們那老爺車強，我明年還要去歐洲旅行呢！你們這些可憐的人卻得為那個「家」奔波、忙碌著。

她嘴角露出了一絲輕蔑的笑，但她沒說出口。

現在她站在客廳裡，彩色電視、電唱機，立在角落裡，像無數雙眼睛瞪著她，從婉文結婚後，她就沒再找人合租這個公寓，把賺來的薪水全投資在這些上面。

「妳就這麼下去了?」

「有什麼不好?」

「當然沒什麼不好，但是，這不是人生。」

什麼是人生呢?像婉文他們嗎?他們又要搬家了，這次來就為了他們將去南部就一家分公司的職，明年又不知搬到那一州了?但是，什麼是人生呢?她已經很久不想這個問題了，在這裡，思想是一種浪費，也是一件奢侈品，日子就是上班、下班、看電視、買時髦的衣服，喝一打一打的可口可樂和啤酒。

對了，冰箱裡還有一大堆啤酒，她打開了冰箱的門，拉開了啤酒的蓋子，站在廚房的窗前，一飲而盡。

窗外，風刮得更大了，雲壓得很低，一片片的落葉被風使勁的摔著，秋天已經去了，但是在紐約，在繁忙的大都市裡，季節的更換也是不被關切的，又有誰會去在意那曾經鮮豔、曾經飛揚過的楓葉，雪來之後置身何處？

寧靜

「媽，我們走了。」兒子和媳婦親暱的站在她眼前，她放下了手中的念珠，看著滿臉喜氣的兒子和微帶嬌羞的媳婦，一種被幸福排擠於外的孤寂感爬滿了全身，但她仍笑著站了起來：「快去吧，火車是幾點的？」她明知他們是乘九點的國光號南下度蜜月，但是，她仍掩飾的問了一聲，為了怕他們看到她的落寞。「媽，還早呢！我們是買九點的票子。」兒子興奮的說，眼睛卻愛戀的停留在新婚妻子的臉上打轉。「唷！已經快八點半了，快，快去叫部車子。」「媽，車子已經叫好了，您不用出來，我們坐坐就走。」媳婦客氣的說，但是，她還是站起來了，大家一起推讓著，倒顯得份外的陌生了。

「好，好，我送你們到門口，好好玩，不用擔心家裡，姨媽會來陪我。」她嘮叨著，微笑著，把小倆口擁簇著，推趕著，上車走了。望著紅色的計程車消失在巷口的盡頭，她頓然鬆了口氣，代之而起的是一份失落的鬱悶，像是車尾的黑煙撲得她透不過氣來。

※　※　※

她嘆了口氣，緩緩的走回屋裡，滿客廳的花籃、喜聯照得她眼好花、心好亂，她才又驚覺自己不該嘆氣，喜事嘛！真是老得糊塗了，她頹喪的想，老，真是可怕的字眼，多少年來，她從沒想到這個字，她一直為一個希望而活著，兒子的學業，兒子的出類拔萃，而近日裡，她更起勁的忙著兒子的婚事，用忙來掩飾她內心的不穩和徬徨，而此刻，像一切的疲乏都圍攏過來，使她有不支的感覺。

她懶懶的往沙發靠去，牆上那幀彩色放大照卻對著她微笑，那是兒子前年去歐洲時，在機場和她合拍的，她笑得多麼滿足、得意，而天黎那神采奕奕的眼神，更照亮了多少她獨居時陰鬱的日子，那時她不感到寂寞，而今，滿屋子的花和紅，卻襯得她如此衰老、如此無依。

如果鵬飛在就好了，她奇怪突然懷念起那個古老的名字了，多少年來，她已經習慣於忘卻了這個人，雖然，他們曾相愛、相屬過，可是，那段日子竟如此短暫，他最後留給她的卻只有痛苦和幻滅。

也許她會永遠沉醉在那份芳醇的愛裡，如果不是那個女人，在冬日的早晨，撳著門鈴，說她的兒子得了肺炎，必須找鵬飛想辦法時，她永遠被蒙在鼓裡，她看了一眼襁褓中的嬰兒，才發現有一張酷似鵬飛的臉，她對人類的信心粉碎了，她不能想像一面和她相誓相愛，一面又在外拈花惹草，她的失望和痛心，註定了他們愛的終結，那年她才廿六歲，天黎才五歲，廿六歲就宣佈了一個婚姻的死亡，未免太早了。

起初，她確曾忍著難捱的歲月，但逐漸地，痛苦減輕了，兒子從學校帶回來的獎狀，一張張的蓋過了她的創傷，她把一顆心，完完整整的放在兒子身上，在這多變的世界裡，她感到只有兒子才真正屬於她，真正不變的血肉關係，她不再關心鵬飛的存在與否，不再在乎他的飛黃騰達，甚至在他得了肝癌而病逝姨娘家時，也未曾使她痛哭流涕，她的心已死，她的情已盡，從那冬日的早晨，發現了他的不忠之後，她不再為他動過一絲思維。

從此她更專心於兒子的未來，她用兒子給予她的榮譽來彌補鵬飛給予她的失望，而多年來，天黎確未曾使她失望過，他以優越的成績畢業於×大土木系，又以苦幹踏實的精神施展他的理想和抱負，他的熱誠和認真終於獲得上司的嘉許，而奉派至西歐考察一年。親友們每當讚賞之餘，總加上：「不容易呀！天黎，你母親含辛茹苦的受了多少委屈，總算你爭氣了。」兒子總是感激的望著她，那雙炯炯的眼神，流露著無限的親柔、感動。兒子的懂事和孝心，使她有了依恃，而度過了如許漫長的一段歲月。

可是，如今她感到洶湧而來的昏眩，她捉牢了椅把，惟恐失去了依恃，啊！我怎麼這麼狹窄、這麼自私，我說過，我要做一個好婆婆、好母親，但是，她心裡卻響著兒子的聲音：「媽，靄梅說我們房間的顏色太暗，她想改漆粉紅色的。」「媽，靄梅說教堂舉行婚禮比較莊重。」「媽，您的佛像可否搬到樓下？這樣我們臥房可以大些、亮些……。」雖然兒子極小心、極尊重的徵求她的意見，而她也盡可能的順著他們，但是，卻揮不去耳中嗡嗡的響著靄梅的名字，和心中升起的那份悵惘，畢竟，「有了媳婦沒了娘」這句話是對的。

靄梅，她的新媳婦，第一次看到她是在去年兒子從歐洲回國時好友們為他舉行的慶祝會上，她說不上美，然而，卻有一張充滿朝氣的臉，那晶瑩透亮的皮膚，那屬於青春的高傲和自信，尤其笑時一口細緻的貝齒，都帶著侵略性，第一眼，她就不喜歡，說不上原因，她看得出兒子對靄梅的傾心，那更使她不滿，她冷冷的應付了一下，就藉詞上樓回房休息了。

以後靄梅常常往她家走動，一來就和天黎卿卿我我的半天不曾下樓，那更使她看不起：「哼！看我兒子英俊、有為，就黏著不放。」她鄙夷的嘀咕著，更決定不理靄梅了。

她也想過為兒子成家，但總得過一、兩年，而且，想像中的媳婦該是細細柔柔的，很純潔，很溫馴，而不是那種有侵略性的女孩，但她沒想到那麼快，那麼突然，天黎就向她提出了要和靄梅結婚的要求，那使她幾乎失去了一向冷靜理智的個性，而陷入一種歇斯底里的狀態。

記得那天是星期六，天黎回來得特別早，經過她的房間，還躡了腳走過去，他這一向都躲著我，她想著，更是傷心，以前天黎不是這樣的，下了班，就回家，聊聊天，報告一些趣事、新聞，那時多麼快樂、幸福，而現在不到半夜不回來，即使回來也如蜻蜓點水，一溜煙又不見了，即使見了面也沉默寡言，這一切，她都看在眼裡，而且知道都是因靄梅而起，那使她忍受不了，披了一件衣服就走到天黎房間：「天黎，今天怎麼回來得那麼早？」兒子正專心對著鏡子打領帶，被母親的來到嚇了一跳：「媽，我剛回來，以為您在睡午覺，所以，沒敢吵您。」「鬼話！」她低罵了一聲，明明從門縫裡偷看了她一眼，哼，還不是怕我嘮叨。「靄梅約我下午到她姑媽家去，因為在臺灣姑媽就是她最親的人了，所以，我特地回來換件乾淨襯衫。」天黎可看不見她的不悅，滔滔的訴說著，她望著兒子，容光煥發的臉，盛滿幸福的眼睛，他從沒如此開心、快樂過，他是傾向於沉默的孩子，父母的失和，使他太早懂得憂愁，她幾乎要被那付笑容所感動了，但是，天黎那句話，卻整個地把她擊倒了。「媽，我想年底訂婚，您不反對吧！」她怔住了，久久才望著天黎說：「可是，你還小，過一、二年也不晚！」「媽，您總以為我小，我都三十歲了，孔子說三十而立，我正好是成家的年齡。」「可是，可是你可以再找更好的女孩子。」她囁嚅的在找反對的理由，而真正的理由她卻說不出口，她怕失去他。「靄梅是我所見到最好的女孩子，媽，以後您就知道了。」「不！」像對自己又像對天黎，她大叫了一聲，從那失望的深淵裡，「你不能！」她激動的微抖著，像即將失去唯一的依恃。「哦！我的胃病又犯了，天黎，陪陪媽，不要去，不要去！」她軟弱的呻吟著。

她一躺就是半年，總是這兒痛，那兒疼的，醫生卻說沒什麼毛病，她心裡明白，但是，不願承認自己自私的念頭，她用病來佔據兒子的時間，用體弱來博取兒子的關心，天黎想必看出了母親的不悅，不再提靄梅，不再提婚事，他變得更沉默、更消沉，像在履行一份差事或者是在盡一點義務，他下了班回來，在母親房裡挨了半小時，就悄悄回房。我竟變得如此可怕了嗎？連兒子都躲著我？那個曾在她懷裡撒嬌，曾向她訴說理想和抱負的天黎呢？會是那個滿臉陰暗、萎靡、暮氣沉沉的人嗎？

她猛然怔住了，難道是因為我嗎？她的冷漠、她的裝病、她的驕矜……為的什麼？為了和那年幼純稚的少女爭奪兒子的愛？她半生的受苦折磨，是為了看兒子今日的疏遠和憔悴？妳將毀了他！她向自己大叫，妳所給予他的是什麼？殘缺的親情，哭泣的童年，妳難道還要攫取他選擇自己所愛的自由？他需要的是那種真正屬於他的愛情，把愛溶入生活中，使生命發光、發亮，而不是像現在這種壓搾出來的親情！血液裡那份母愛的熱流沖擊著她，不，我不能看我唯一的兒子愁眉不展，消沉以終。我沒有理由要求兒子永遠無條件的愛我、服從我，除非我值得他敬，值得他愛，否則，有一天我將失去兒子，失去我的世界。

那天，是晚飯後，兒子又沉默的回到了房間，她跟了過去。「天黎！」她溫柔的叫了一聲：「不陪媽媽聊天嗎？」「不，媽，對不起，我累得很想早點休息。」「那麼，出去找靄梅玩玩吧！好久沒聽到你提到她了，她怎麼也不上咱們家來玩玩呢？」她那麼自然的提出了問題，但仍看到天黎受了震驚！「媽，我們改天再談吧！」「可是，你不是很喜歡她嗎？我看得出。」「我，我以為媽……。媽，您身體不好，她怕打攪了您。」「我已經好多了，這半年來多虧了你，媽很不安，沒讓你好好玩。」她突然又激動起來：「媽沒白疼你。」「媽，您怎麼又說這種話，您健康就是我最大的願望了。」天黎真誠的說。「星期天是你父親的冥壽，我燒幾個菜，你請靄梅來玩玩。」

像一位最慈祥的母親，像一位最明理的婆婆，她屈意討好他們，為靄梅買衣料、打毛衣，又為他們請算命先生看日子……夜裡，當她守著一屋子的冷清，數著鐘聲的滴答，為天黎等門時，一層層的空虛包圍著她，但是，她一想到重現在兒子臉上的笑容和朝氣，她才覺得總算盡了一份愛心，而那份愧疚的心情也淡然了些。

她背負著這種複雜的心情，緩緩的站起來，天黎他們該已快到臺中了吧！正午的陽光照滿了一屋子，她走到窗前，拉下百葉窗，卻無意間看到案頭的日曆——農曆九月初九，她的生日，她悽然的笑了笑，讓我自己祝福自己快樂吧！她拿起了念珠，喃喃的唸著，在默然中，她又得到一份寧靜。世俗的愛，世俗的恨，都如過眼雲煙，隨風飄逝，惟有內心的寧靜和淡泊才是永恒的，她像頓然昇入佛的超然世界，願天佑我擁有這份寧靜。

衝出規律

她終於厭倦了那種規律。

每晨，送走了上學的孩子，匆忙的收拾好了狼藉的早餐杯盤，然後，衝上樓在那一大張鏡子前，往那開始步入中年的臉上著色。

八點三十分，她已到了辦公室。

「早呀！」

「今天的氣色很好呀！」

「哇！看，妳這一身衣服真帥呀！」

……………

千篇一律的話。

她笑，機械性的。

妳好，我好，大家好。

只有自己才曉得真正好不好。

她拿了卡片，坐上桌子，不對，作者、書名、出版年月日不詳。她拿了資料，坐在電腦後，按下號碼，追查資料。

「早，妳可以開始查尋妳要的資料了。」電腦打出了字幕。

連電腦都會說「早」了，「它」會在轉瞬之間，找出了妳要的全部資料，包括國會圖書館的編號、目錄等等。

她目不轉睛的盯著那小小的字幕；電腦，真的要取代一切了嗎？

如果她的手指會閱讀，那手指撥弄間該有多少卡片被她讀遍？購書部，一個州立大學的購書部，多少新書，多少期刊，多少書目，在她指間滑過，而她，有多久不曾好好坐下來仔仔細細的閱讀一本名著。

她撳下一個按鈕，不到半小時，厚厚一疊資料都查好了。那曾經要她忙半天的書卡，半小時內就解決了。

而圖書館內，仍有人忙碌著，搬書、借書、查卡片。電腦，還是不能取代一切的。

十點半，她的咖啡時間到了，管它是不是一段落，先喝了咖啡再說。剛剛開始做事時，認真得讓那些美國女孩子受不了，咖啡可以不喝，事情一定要做完；人家八點半上班，九點就開始陸陸續續去喝咖啡、吃早飯，她卻專心一志的在書堆、卡片堆裡轉。並沒有人欣賞她的負責認真，人家只說她，「妳在虧待自己」。

幾年了，要是書有香味，人也要被薰成書香了。知識並沒長進多少，懶倒學會偷了，喝一次咖啡，明定十五分鐘，卻喝了三十分鐘。每個人都如此嘛，十五分鐘怎麼夠，走去又走回，何況那麼多人？每個人總要吱吱聒聒一陣吧！

她捧著杯子，她一直很喜歡咖啡的香味，但是她總是喝茶，咖啡太烈，她不是喜歡太烈的人。

丈夫、孩子、電視、衣服、大減價……她聽同伴搶著發言，她多半聽著，很少急於說什麼，反正只有三十分鐘，她讓別人去發揮嘴巴的功能。

「那怎麼可能，明明兩人天天在一起？」又在論長道短了。

「天天在一起就沒事了？別忘了CC生孩子時住了三天醫院。」

「三天就被人勾引去了？」

「反正他們分居了就是，CC帶著才一個月的娃娃，搬出去住了。」

她們仍吱吱喳喳的談論別人的是非。

她卻怔在那裡，茶已經冷了，CC那純稚的臉老在眼前浮現，她寧可相信這是一則謠言，不肯去相信那供養丈夫讀學位的CC已被遺棄。

說是不去想別人的閒事，可是CC那坐在打字機前專心打字的樣子，仍時時浮在眼前，CC是一個文靜、乖巧的女孩，當她懷孕時，總是眼中閃著亮光的告訴大家，她正在準備的小衣服、小帽子，她是美國女孩子中少有的沉靜型。

但是她的丈夫卻叫她搬出去，在她做事供養了他即將完成學位的前夕。

打字機前的位子空了，也許不久就有一張新的面孔取代ＣＣ的位子。

很快，大家就會遺忘了這件事。

可是她的腦子卻不停的想著ＣＣ。

腦子也不能多用了。因為許多事，腦子想破了，也不會有答案的。

她又在電腦前面了，至少在那操作的片刻，腦子是休息的。

同事們開始在說中午該到哪家餐廳去吃午飯了。

有人說，那家新開的中國飯店不錯，有人說，購物中心在大減價，中午去轉轉，有人……。

她抬頭，正好看到窗外的樹枝，仍是枯椏，卻棲息著一隻綠斑鳥。她有點驚喜，莫非春天已經來了？就在她的忙碌中，春天就悄悄的來了？

她站起來，伸了一個懶腰。

陽光正穿過校園的草地，灑在每一張年輕的臉上。

她真是厭倦了，對這一份規律。

她多麼想衝出去，捕捉那到處亂竄的春陽！

燃燒的眼睛

她一直是個好學生，至少人人這樣認為，她端莊、穩重，而且用功，班上的書卷獎總是非她莫屬。從小，她活在老師的讚美及同學的敬佩聲中，有時，她也想和他們高聲的談笑或辯論，可是，她不敢，那會使別人奇怪，她太正經，正經得使男同學不敢高攀。她也曾想學班上多數女同學一樣，偶而穿那露出細白小腿的迷你裝，或在眼瞼上描一條細細的眼線，嘴唇上抹上淡淡的唇膏，然而，她依然只是「想」而已，她不敢做，她是習性的奴隸，也是為別人的評價而活的犧牲者。

她的日子一向平靜，並且也可能永遠如此下去，如果不是遇到了王凱，不，是王凱找上了她，也許她的痛苦就不會產生了。雖然，她也想從既已形成的自我桎梏中解脫出來，但是，絕沒想到是這樣的，這樣的令她羞憤欲死。

是的，那天是星期二。她走出法文教室，陽光正毫不吝嗇的灑滿了一地，而天，像打了蠟似的亮麗，她突然有跳華爾滋的願望（雖然她從不參加舞會），她就這麼輕輕的哼著歌曲，她原有一付好嗓子，在小學時還曾代表全校參加比賽呢！那是多遠的事了，現在人人只知道她會拿好成績，並不知道她其他的優點，以及她那張姣好的面孔。「林嫻！」她嚇了一跳，抬頭看到王凱，那高大的身軀擋住了一片陽光，把那條陰影拖得長長的。「我想請妳做我畢業舞會的舞伴，這個星期六，好嗎？」她很想搖頭，像以前拒絕一切男孩子一樣，但是，那對等待的眼神使她昏眩，那一聲低沉的「好嗎？」融化了她慣有的冷漠，而何況他又有如此深邃的眼睛，她一定是把心裡的喜悅都寫在臉上了，因為她聽到王凱說：「星期六，七點半，我到宿舍來接妳。」

她並不打算去的，真的，她一再的對自己說，期末考快到了，而且跳舞太浪費時間，太不像她原有的生活軌跡，可是，那眼神攪得她定不下心來，而心中那種被邀請的愉悅又撐得她的心往上漲。王凱，那個時時被女同學們所談論著的偶像，竟請我當他畢業舞會的舞伴，當然，我配得上他，我是和那些吱吱喳喳、輕浮的女同學不同的，他當然是發現了我的優點，雖然他只是那麼不經意的邀請我，但那有什麼關係呢！男孩子大概都是那麼灑脫的，她想。

星期六，她一天都沒課，卻異於尋常的沒到圖書館看書，只懶懶的賴在床上，天花板上跳躍著的，盡是燃燒著的眼睛，四點半，她迫不及待的到餐廳吃晚飯，五點半已洗完澡站在房間中央，不，我當然不能去，對於男孩子的邀請，尤其是第一次應該拒絕的，何況是端莊、高貴的我——林嫻。六點一刻她燙好那件嫩黃的洋裝，可惜長了點，沒能露出她那可愛的膝蓋。「林嫻，要出去呀？」同房間的蕾蕾驚奇的看著她。「嗯！買書去。」她不知自己為何要否認，和男同學出去有什麼稀奇？雖然，她和王凱只有在選修的「西洋哲學史」同上課，但是，他有那樣深的眼睛，那麼沉的聲音。那是和那些俗不可耐的男同學不同的。

七點半，她向鏡子做最後一瞥，忽然發現自己有很美的唇形，微微往上翹。「嗨！林嫻，妳的嘴好像那個叫愛克森瑪的女明星，好迷人哦！」對面的伊琍叫著：「妳實在不該辜負上帝的傑作。」其他的人起鬨著，她只是矜持的笑著，她向來不和她們鬧的。

「林嫻外找，」「二一三的林嫻，有男士等妳。」樓下的同學，傳來尖尖的怪叫，她們最會裝瘋，尤其是有男孩子的時候，她捉起了桌上的皮包，不理同房間那些驚愕的表情，「買書去？」她聽到背後的揶揄。

「妳真準時。」王凱迎上來，讚賞的說，她笑笑。「我本來要去買書的，」她看到淺黑西裝下高大挺拔的身材：「不過，改天去也沒關係。」她大方的說。「謝謝妳！」王凱那低沉的聲音又響起，她回了他淺淺的一笑（今晚怎麼那麼愛笑？）。於是，那大大的黑眼珠，那密密濃濃的睫毛，就像那滿天的星斗，閃得她好迷茫、好陶醉，我實在該常出來玩，她對自己說，看這夜色多美。

「為什麼請我做你的舞伴？」上了汽車，她就迫不及待的開口了，一反往常冷若冰霜的作風，自己不免暗地吃驚，反正從今以後我要逃出那模型了，我不再是那乖乖的、冷冷的林嫻了。「因為妳和別人不同，」王凱凝視了她許久，才衷心的說：「我欣賞妳的不同。」哦！哦，他欣賞我了，他發現我的不同，可是，那是我所厭惡的自己呀！我到底要不要改？林嫻想著，但仍滿心快樂，至少有人欣賞到她除了讀書外的另一面了。笑，就像肥皂沫似的，直從心底往外冒。「我好高興，」她頓了頓：「真的，謝謝你，太好了。」她覺得話多起來了，那一直綁得她緊緊的脖子在慢慢分解，我是活著，好好的為自己活著，她差點叫了出來。

「嘶——」一個緊急剎車，撕裂了她的玄想，她倒在那厚實的懷裡，緊捉著那有力的手，她嚇了一跳，比剎車更令她震驚，趕忙坐直：「這就是我嗎？那麼輕浮、放浪的女人，他將怎麼想，他一定會告訴別人的，別人將怎麼想？……」那潛在的、根深的桎梏又復活了，「我是端莊的、穩重的女孩子，剛剛，那只不過受了驚嚇，我當然不是那種輕浮的想往男孩子身上倒的女孩子，不，我當然不是。」她一臉凝重的否認著。

「如果，」王凱低柔的看著她蒼白的臉說：「如果妳不想去跳舞，我可以陪妳去買書，真的，跳舞也沒什麼重要。」「哦！不，當然不，買書可以改天去，但是，今天是你的畢業舞會呀！」她很感謝王凱的細心，心中原存的陰影，也就在那閃閃的星光下退隱了。

舞會已經開始了，當他們走上那通往大廳的長廊時，音樂就從那緊閉著的玻璃門中流出來，就像她快要把心底的歡呼流出來一樣，王凱牽著她在角落裡找到了座位，樂隊正奏著Dear Heart，她像踩在雲端似的，整個身子都輕起來了。

現在，她才想到好成績一點也幫不上她的忙，那些搖肩擺臀的soul，那些亂蹦亂跳的A-go-go，她只有瞪眼的份，她好想下去學一學，但王凱似乎只想和她坐在角落裡，遠離那狂歡的人群，靜靜的欣賞音樂。「真的，妳要不要出去走走，或去趕一場末場電影，這種場合妳也許不喜歡。」王凱又一次的問她，她好奇怪他的煩躁：「不要管我，你去請別的女同學跳，真的，我喜歡這種羅曼諦克的氣氛，和圖書館或教室大不相同。」她天真的說著，惹得王凱哈哈大笑，「但是，」王凱正經的說：「我還是喜歡靜靜的坐著。」

感謝小時候學過的舞蹈基礎，那使她很快和王凱在優美的音樂中，享受慢四步，在一連串低調、緩慢的曲子中，她被王凱輕摟著，飄在那充滿夢之花的仙境裡，她閉著眼睛，不敢相信這是真的，她倚在王凱的肩上，那種香皂和刮鬍水混合香味，薰得她忘了自己是高傲的、冷凜的林嫻。那個教授們所讚美，同學們所佩服的好學生，現在卻依偎在那寬大的臂彎裡，忘記了慣有的矜持。

大廳的燈突然亮起來了，她看到好多張熟悉的臉孔，她（他）們都驚訝的瞪著她，她對著他們笑了笑，以後，要隨和些了，再不能拒人於千里之外了。大廳中央擺著一個雙層的蛋糕，「我過去幫忙一下。」王凱說著，跨著大步走過去，她聽不見主席在說什麼，反正是那一番歡迎感謝之詞，她只注意到女孩子們曳地的長裙或嬌小的短裙，像花蝴蝶在大廳穿梭，哦，已經在切蛋糕了呢！我是應該過去幫忙的，女孩們不都是忙著傳遞叉子、餐巾紙嗎？她站了起來，向以往那個驕傲、做作的林嫻告別，走向那大廳的中央。

她看到王凱，正在那裡忙著，手裡捧著蛋糕和冰水往他們的位子走來，她趕忙迎上去，卻看到張永祥在她前面，狠狠的在王凱的肩上揍了一下，差點打翻了冰水。「好小子，算你有種，我們認輸了，十碗牛肉麵不成問題。」許多人圍上去，她認得都是同修「哲學史」的同學，「侍候一座冰山，怕吃了不少苦頭吧！」她突然明白了，定定的站在那差點暈過去，然後，像一陣風似的她衝出了那喧嘩的大廳。

「林嫻，林嫻……。」她聽到王凱在後面追叫，這虛偽的、作假的小人，她頭也不回的跑著，那些眼神，那些體貼，那些低沉的聲音，都變成了猙獰的獠爪，在她眼前飛舞，十碗牛肉麵！十碗牛肉麵，我竟只抵得上十碗牛肉麵，哈……。

「林嫻！」王凱氣喘喘的追上了她：「聽我說，真的妳得聽我解釋。」

她攔住了一部計程車，沒有什麼好解釋的，她碰的一聲關上了車門，把自己重重的投入那殼子裡。只怪他有那麼燃燒的眼神，那像閃爍在天際的星辰，閃得她好陶醉，閃得她好想永遠浴在那光采裡。實在怪不得我的，真的，她閉上了眼睛往車座一靠，誰忍心拒絕那眼神呢？也許我不該後悔，至少我曾掙開了那無形的枷鎖，以後，我會努力的做一個好學生的樣子，做一個父母和師長所塑成的典型「淑女」。

葉歸何處

下了車，走入了一片暮色中，秋風揚起了她短短的裙角，她用手拉住，走過一地落葉，我突然覺得她那麼瘦小、伶仃，像飄零在空中的一片楓葉，不知該棲身何處。忍不住，又從車窗中伸出頭，喊住她：

「有空一定要來玩哦！」

她回過頭，笑了笑，一抹淡淡的雲彩掠過她臉頰，像天邊的夕陽，瞬間即逝。

也不過才認識幾天，卻總覺得自己有責任去保護她、照顧她。在美國，滿街都是奇裝異服，長髮赤足的人叢中，她那份沉靜和怯弱，總顯得分外的無依。

那天，在野餐時，她告訴我：

「剛來那年，第一次看到滿處的楓葉，好美，也好想哭。我就站在窗前看了一上午。」

我看看滿山的鮮麗，滿地的落葉，點點頭，我能體會那種心情，因為這也是我生平第一次看到樹有那麼多顏色。於是對她有了一種了解與喜愛。

「現在還想哭嗎？」我蹲下去，撿了一片楓葉。

「已經麻木了，新奇和想像都會隨時間褪色的，只有楓葉每年都一樣鮮紅，」她也摘了一片，「不過它們鮮麗之前要先掉光。」

「我倒覺得這是它生存的方式，不然怎麼能在冰天雪地裡等待春天的發芽呢？」我有意安慰她，「臺灣的楓葉就不會紅也不會掉，因為不必抵禦寒風和冰雪。」

「在臺灣我倒很少注意楓樹，也許因為沒有那麼多鄉愁吧！」她看著手中的葉子說：「可能我和妳不同，妳有丈夫、有孩子，妳的看法、想法多少比我健康些。」「也未必，有一天妳也會結婚，會有孩子的，妳的看法會變嗎？」我問她。

「誰知道，也許我一輩子也不會結婚。」

她聳聳肩，一副無奈。

「為什麼有這種想法？像妳這麼漂亮，氣質又好，怕男孩子們不會放妳獨身吧！」我有意化解她的憂鬱。

「那是他們的事。」她笑笑，眼睛卻停留在前面走過的一對情侶身上，男的長髮披肩，女的長衣短裙，頗具山野洞人風味。

「也許像他們一樣會快樂些，什麼愛情、結婚……活著就要享受一切。」

她看著我詫異的眼神，又接下去說：

「可惜我就是灑脫不起來，沒辦法放棄自己的原則。」

我正想說什麼，小兒子跑過來，打斷了我們的談話，我們就一起在草地上玩球、曬太陽，玩得非常愉快。

後來K告訴我，追她的人不少，但她真正喜歡的人卻回了臺灣。

「這年頭還談什麼愛情，有人追，挑個條件好的，結婚算了。」K說，帶著一副不恭的樣子。

「妳的腦筋倒很新，不過我倒有點不贊成這種為結婚而結婚的做法。」我說。

「妳落伍了，不看看現在是什麼時代了?男孩子可以回國省親，在成堆的年輕貌美中挑到對象，我們女孩子卻死著心眼在等愛情生著翅膀飛來?哼！算了吧！」

「那妳也回去挑一個嘛！臺灣還是男多於女，不必像美國這樣苦心經營。」

我故意逗她，她來美多年，個性又外向，我是一點都不擔心她會被寂寞壓死的。

「想是想，可惜父母親大人不批准；怎麼，拿了學位還找不到人嫁呀！跑回去嫁個學位比妳低的，我無所謂，別人要跳腳了。」K做了個鬼臉。

「所以妳情願留在這兒，既不唸書也不結婚？」我問她，因為她不在乎，所以才敢坦率的問。

「等嘛！等到哪天我不耐煩了，就找個人問他要不要我，還不簡單。」K哈哈大笑，我卻張著嘴像個傻瓜。這位當年班上最嬌小、動人的洋娃娃，如今卻是如此的積極，真是士別「三年」，要刮目相看了。

從沒想到出了國仍有這麼多問題，在國內四年大學都被申請學校、考「托福」、補英文填得滿滿；出了國，又是一座高山等妳去爬；等上了山頂，又上不去，又下不來，就懸在那兒，任它飄蕩、墮落。

外向的人還可以嘻嘻哈哈過日子，不去想那些虛無縹緲的問題，但內心何嘗沒有無著的空虛？內向的人可更孤獨了，男孩子們看多了洋妞的笑臉、嫵媚的秋波之後，有誰有那份耐心去侍候一朵含苞的蓓蕾？現在的美國青年，除了性之外，誰又有耐心去培養細水長流的真愛呢？

「我好懷念臺灣那種生活，一張紙條，一封短簡，一小段被跟蹤的驚喜……那時真傻，嚇得不得了，現在想想卻頂美的。」

她坐在車上，喃喃的說著，像沉入了夢中，讓我也分享到那份甜蜜。早晨見到她時的那份憔悴，已逐漸褪去了。

早上，她打電話來說要去撿楓葉，我聽她語氣沉沉地，馬上放下家事，到宿舍找她。見了她才大吃一驚，像老了十歲，瘦了一圈。

「怎麼回事？」

「昨天開夜車，一夜沒睡。」她淡淡地說。我懷疑的看著她，看看凌亂的房間，看看貼了滿牆的紅葉……

突然她拉住我。

「他結婚了，我知道他回去就是去挑一個比我年輕、比我好看的對象，哦……」她哽咽的說。

這驟來的消息使我不知如何安慰她，只有輕輕拍著她的肩，任由她哭個痛快。

「哦！蕙姐，這太不公平了，我以為他是足以信賴的，沒想到自己已經付出那麼多的感情，我怎麼辦？」

「現在妳應該知道他是不值得去愛的，如果他結婚只找年輕、漂亮的女孩，妳該為自己慶幸才對，人都會老的。」

我看到玻璃板上一張剪下來的結婚啟事，再也說不出安慰的話了。太多的感慨、太多的疑問，為什麼這一代的婚姻要有那麼多的「條件」呢？在國內左挑右揀，不外是條件不合，把希望拋向海的那邊；等出了國，在書堆中驚醒過來時，別人又嫌「年齡不合」了，難道真愛永不存在了嗎？

一下午，我陪著她遊湖、撿落葉，分散她那滿面的憂愁，冷靜了她激動的情緒。風呼嘯而過，湖水清澈得像一面鏡子，往日鮮紅的楓樹，如今已成禿枝。

「快下雪了。」她踩著一地沙沙的落葉說。

「嗯，我聽氣象報告說，今晚也許會下雪。」我拉起了衣領，不敢想像那種冷。

「真的？今年雪來得早，一夕之間，這些顏色都將埋入雪地，換成一片白色世界了。」她有感的說。

「妳暑假就畢業了，對不對？」我突然想起了什麼，停下來問她。

「是呀！怎麼樣？」她好奇的看著我。

「何不回去看看，出來那麼多年，一點都不想家？」我問她。

「當然想，可是，可是回去做什麼呢？」她遲疑著。

「多的是事情，開課、研究，或到工廠指導研究，妳學的是應用科學，臺灣正需要。」我興奮的說。

「記不記得我說過，臺灣的楓葉常綠？不用變紅，不用禿枝來適應氣候的變異，那裡總是有陽光，有水分……」

「可是楓葉應該是紅色的。」她打斷了我的話，沉默了片刻又說：

「我要想一想，也許妳的話很對，什麼樣的氣候和土壤長出什麼樣的樹，不變色的樹只適宜在有陽光和溫暖的地方，不必委屈自己去求生存。」

「是的，樹都須根，人又怎能無家？學成了，又何必嘗那種飄泊的淒酸？我們也要回去的，等拿了學位之後，金窩銀窩不比家裡狗窩，何況孩子上學的問題也不能忽視。」

「嗯，我要好好想一想，要想的事太多了。」

在暮色中，送走了她。車子慢慢駛過校園，早凋的樹，早來的冬，好冷的黃昏，我們將有一個又長又凍的冬天，但春天總會來臨的，每個人都有一個期待。

寒窗

碰的一聲，門關上了。

她站在窗前，目送著丈夫的影子在雪地裡逐漸消失，三月了，雪花仍紛飛著，冬天像永無盡期的延長著，屋簷有結晶的冰柱，垂直的掛下來，像萬把利刃刺傷著她落寞的心。

日子又這麼開始了，以一種固執而單調的腳步，周而復始，一成不變，在那一聲關門聲之後，她的世界就縮小到那四面白牆的天地裡，除了偶爾丈夫打回的電話外，她再次開口的機會是下午五點三十分，也許更晚些。

她踱回了客廳，地氈上凌亂的散放著報紙、雜誌，牆上掛著她的結婚照，笑得多麼璀璨而得意，兩眼盛滿了幻想和美夢，然而，屬於二十二歲的夢境，竟只是一片蒼白——忙碌的丈夫，空洞的房子，冰雪的冬天，陌生的面孔，……日復一日的循環著，她還能期待什麼呢？她已經不敢有夢了。

總不相信這就是她所嚮往、所醉心的美國，用她的青春和美麗換來的仙境，竟是如此的平凡、單調。

她嘆了一口氣，百無聊賴的扭開了電視機，卡通、新聞、我愛露西，二十年前的電影，約會遊戲，她啪的一聲把電視關掉了，又是約會遊戲，剛來時，她每天還興致勃勃的看著那三位光桿，被一位美麗大方，風情萬種的小姐口試，他（她）們隔著一層幕，只聞其聲不見其人，然後由那位小姐從答案中挑出一位滿意的玩伴，被挑中者，免費同遊美國名勝。旅館、機票、零用錢，全由廣告公司負責，難怪那些孤男寡女趨之若鶩，何必一定要志同道合才能同飛同宿呢？愛情是什麼？那早已成了歷史名詞，能及時享受，尋歡作樂，才是今日男女的座右銘。其他的，誰管那麼多呢？

是的，誰管那麼多呢？她也曾這麼對自己說過，半年的通信到底能對一個人有多少的了解，然而有多少相守了一輩子的夫妻，彼此又了解多少？於是她來了，在那場豪華的婚禮之後，她把她的幸福孤注一擲，拋向海的這邊。

「年紀是大了些，但是人忠厚，經濟又有基礎，總比一個人老遠跑到美國，無依無靠地強些。拿了博士又如何？嫁不出去的大有人在。」姐姐在信上描繪著，她也就無可無不可的與他通了信，從小她就柔順、善良，對愛情更有綺麗的幻想，於是他們通了半年的信，決定了婚事。

那天她沒到機場去接他，雖然有一個願望急欲一睹通信半年即將成為她終身伴侶的人，但她忍住了，怕夢境的破滅？怕見面的尷尬？怕機場眾多炯炯的眼光？還是基於一份矜持？她自己也說不上來。

全家都出去接飛機了，九月的驕陽，灑滿一地，她驚異於父母的熱心，對於那未曾謀面的人，僅從他的學歷、經濟條件中，就被勾出了美好的印象，未免荒唐。然而自己呢？自己為何答應與他通信，又答應了他的求婚，不也是為了那是一條直通美國的捷徑？

「妳的人和妳的信一樣的靈秀。」

一見面，他就全心的包容了她，她知道。她抬頭輕輕的笑了笑，沒有想像中的瀟灑，卻也不如意料中的老，高大的身軀，黝黑的皮膚，背有些彎，也許太用功了，她自慰著，避免去想及隔在兩人中間年齡的差距。

而事實上沒有時間容她多想，訂禮服，買手飾，發請帖，辦護照……一場令人讚羨的婚禮，一個帶有多少期待的婚姻，就在短短的一個月之內完成了。

一切都很順利，跑僑委會，到外交部，見米勒領事，然後訂機票，飛抵全是金髮碧眼的美國，新奇、刺激，使那份初離家園的鄉愁沖淡了許多，而今，新奇、刺激慢慢沉澱成一種新的困惑，她一生也想不通的困惑，把一棵生在溫帶，長在溫帶的植物，硬要移植到冰雪的寒帶，即使用人為的條件，用暖氣，用噴水使它成長，卻仍免不了奄奄一息，生活在與自己不相屬的土地，如何能根深蒂固？

「悶了就出去逛逛嘛！附近鄰居全很友善，要不找張太太、崔太太串串門，老待家裡會悶出病的。」

丈夫不能說不體貼，生活也不該有什麼抱怨，高級的住宅區，嶄新的汽車，但人不能只生活在物質裡，她需要朋友，需要了解與被了解。

他們也曾到朋友家裡去玩，丈夫小心翼翼的服侍，朋友客客氣氣地招待，那些太太們全把她當成「圈外人」，臺灣來的新娘子，人人爭睹，人人低語，她客客氣氣的回答她們的問題：

「生活習慣吧！」

「冬天過得慣嗎？」

「臺灣又多了幾家夜總會？」

但沒人問她閒著做何消遣，當然也沒人邀請她再來玩，她原不屬於這裡，不屬於這個社會，她是臺灣來的，她們分得很清楚，雖然她們只比她早來五年、四年，但她們已淡忘了這個事實。

他們也去過同學會，男孩子們窮開玩笑，女孩子卻離她遠遠地，「輸出新娘」，意味著多少的嫉妒和不屑。

「哈哈，老黃，有福氣，年輕、漂亮，難怪三缺一都找不到你了。」

「說說你的千里姻緣吧，看不出閣下本事……。」

她充耳不聞，但她的心在淌血。

她把自己關在家裡，什麼應酬也不參加，丈夫原是一個愛熱鬧的人，為了她也只好待在家裡陪她，她感到很內疚，很不安，刻意修飾自己，努力變換菜單，幻想著丈夫下班回來時的讚美，燭光下晚餐的情調，但畢竟那只是她的幻想，忙碌的丈夫，拖回來的只是疲憊的身子，初淺的認識，也激發不出火花的愛情，漫長的夜晚，總是守在電視機前打發過去。

她突然好想家，好想念那熙攘的西門町，擠在當中時，總嫌吵，嫌鬧，而今，只要能聽到人聲，見到人影至少表示自己還活著，活在人群裡，不像美國，以車為個體，路上來往的皆為各式各樣的車子，飛馳電掣的擦肩而過，公寓裡住著的是一家家密切的夫妻子女，沒有人在乎妳的存在與否。

她何嘗沒試著自我排遣？再讀書，她自知自己沒那個頭腦，否則也不用被「攜眷」而來。看電影，她怕獨自在黑暗中消磨那兩小時，那會使她回憶起臺灣時的「全盛」時代，約她的人大有人在，如今卻落得形單影隻，而且，除了週末，小城沒有日場電影，再說她也不慣於那些黃色大膽的成人電影，譬如：「我是好奇者」、「午夜牛仔」……等。那麼看小說吧！英文的看不順眼，中文的供不應求，唯一的消遣，只有面對那四四方方的彩色電視。

於是她又扭開了電視機，約會遊戲正告結束，那位被挑中的男士，興高采烈的從幕後跑出來，未曾謀面的男女熱情的擁抱歡呼，免費遊覽夏威夷一週，人是很容易被引誘的，即使須付出極高的代價，不是嗎？

為了來一趟美國，她自己又付出了多少？誰知道呢？也許她一輩子也找不到答案。

歸去

「回去？妳瘋了，忘記我們費了多少心血才出的國？」立民驚訝的叫聲，封住了柔芝欲言又止的嘴，「而且妳知道，我們這樣回去，如何向親友解釋？」立民嘆了口氣，望著柔芝垂下眼瞼，低頭在收拾桌上的碗筷，心中有點歉然。「好了，別胡思亂想，晚上要嫌悶就到隔壁找史密斯太太聊聊天，或看看電視，我得走了。」柔芝看著立民匆匆的抹了一下臉，提起雨具就往外跑，「我也許回來得晚些，週末餐館的生意總是忙。」他又回頭補充了一句，就把自己投入外面那傾盆的大雨中。柔芝頓然有股被關在黑房子裡孤寂和無依之感，窗外雨點不斷的敲打在玻璃上，這是洛城立春以來少有的大雨，那些嘩啦啦的雨聲，撞得她心潮澎湃，無法平靜。

為什麼她總忘不了那個雨夜？臺灣的春雨，斜斜的打在他們的身上，他們的世界只圈在那撐起的小傘下，雨珠從倚著的樹梢落在傘頂，又圓圓的滾下來，有時滑入她那露出在藍色洋裝外的頸項，涼涼的有種沁心的輕爽，她多麼想永遠如此無言的依偎，不企盼閃爍在天空的星辰和月光，只願像一顆小小的雨珠，曾經渾圓而充實，生命也就無憾了，可是，是什麼打破了那份無聲的感受？「加大給我回音了，沒有獎學金，只有入學許可。」低沉的聲音像春雨中的一道悶雷，「我還是要去的，這個學校我嚮往已久，先苦幾年，總會出頭的，我一定要盡力給妳一個安定的家，」立民拉起她的手，輕輕的放在唇上，「我不要妳再寄人籬下，飽受折磨」，又一顆雨珠滑入她的頸項，她仰起了臉，「你知道我是無法出國的，能夠上大學已經很不錯了，」她憶及了向叔叔嬸嬸哀求的情景，出國不啻是遙不可及的夢，「何況我一點也不想出國，只希望畢了業，教教書，安安定定的過一輩子」，「可是妳不想和我生活在一起嗎？我們等待了那麼久，就希望有一天能有一個屬於妳和我的小家。」她很想說，只要有愛，在哪裡都能建築那小小的家，可是，他沒響，立民口中吐出的熱氣暖暖的呵得她發癢，她好懶得講話，只希望永遠被那雙有力的臂彎保護著，「用我們的愛建築我們的愛巢」，哦，家，多少年她就一直夢想著的家，不是叔叔嬸嬸冷漠下的冰窖，不是學校中擁擠的、狹窄的宿舍，而是屬於立民和她的家，她不響了，深怕驚走了浮現在眼前的美景。

是那些層層的美夢和幻想，墊高了他們的腳跟，使他們覺得再努力，就可摘下那熠熠的幸福之星，杜鵑花叢裡不再成為他們徜徉的樂園，校園裡也不再鏤刻他們的足跡，把那一束可貴的青春投資在未來的希望裡，誰知是智？是愚？多一分野心，也多一份負擔，笑聲不再輕盈，低語不再呢喃，有的，只是打不完的申請信、介紹信（自我推銷，哈），以及那永遠也讀不完的英文講義。

「柔芝，一個人在欣賞雨景呀，好詩意」，她嚇了一跳，猛回頭，看燕妮一身濕淋淋的站在客廳裡，她趕忙到浴室拿了一塊乾毛巾給她。「真沒辦法，我那老爺車一路漏雨，這種天氣，」燕妮輕罵了一聲，脫下外衣，重重的坐在沙發裡，「妳一個人倒是發什麼愣？門也沒關，燈也不開，立民呢？又上工去了？」柔芝這才發現門自立民走後就沒鎖，被雨水掃入弄得一地的水，她關了門，開了燈，才發現燕妮眼下的黑影，「又開夜車了？」她沒來由的問了一句，想不到卻勾起燕妮一肚子牢騷，「趕了六天的報告」，燕妮伸了個懶腰，「睏死了，可是早上又收到以哲的信，他出不了國啦，所以非來找妳想辦法不可，於是就開了車來啦。」乖乖，舊金山到洛城，該有八小時的車程呢！柔芝看出她這位好友的焦急，熱誠的為她炒了麵，才坐下來，低聲的問她。「怎麼一回事？不是什麼都通過了嗎？」燕妮吃了兩口炒麵就推開了，「他隻身在臺不能出國，」燕妮擱下筷子，「本來教堂都租好了，就等他來，我真厭透了一個人孤伶伶的坐圖書館，跑實驗室，這下又遙遙無期了。」燕妮停了半晌，突然提起柔芝的手，「妳一定要告訴我，妳怎麼出來的，妳不也是沒有直系親屬在臺灣嗎？柔芝，妳一定要幫我，我受不了，以哲再不來，我再也撐不住那種飄飄蕩蕩的生活了。」燕妮突然激動的伏在柔芝肩上。

可是她的眼淚向誰流呢？那一年當立民走的時候，她還差一年才畢業，離別雖令人斷腸，但想到不久即可相見，且永遠生活在一起，多少心裡覺得有點安慰，誰又會想到她是不能出國的，因為沒有父母在臺灣，那時她真是求救無門，有人建議她辦假結婚，等兩年後由立民用攜眷的名義接出國，但是她不願這麼做，結婚既是終身大事，如何假法？將來慶祝起來是用真的那一天？還是假的那一天？也有人建議她認個義父母，並且有許多兄弟的，雖不一定可行，但不妨一試，也有人說用觀光護照……

她真想放棄了，可是立民把她的旅費及保證金寄來了，想到他們多年的戀情，想到立民在異國的無依，她心軟了，何況，到哪再找一個像立民那麼了解她、愛護她的伴侶？她冒著烈日，跑區公所，把自己的名字歸屬在那薄薄的戶口名簿下，叔叔也熱心起來了，為她跑了多少路，送了多少紅包，出國，畢竟是光宗耀祖呀！她咬著牙，忍受著良心的啃嚙，只為了實現她那點可憐的求知慾和相聚的快樂，為什麼我不堅持呢！也許他回來，會比我出去好多了，她總是如此後悔。

到了美國，才發現墊在腳下的夢是空的，相聚的快樂該是多麼撼人心弦，可是她無法抖去立民眼中的陰影，他瘦了，黑了，老了，當立民把她安頓好之後，她終於忍不住問他，學校的功課是否太忙？為何瘦了那麼多，就像一個強大的颶風，立民突然緊緊的抱住她，「柔芝，可是我不能失去妳，我只有做工，償還借債，也為妳積存旅費，」立民像一個犯錯的孩子，推開了柔芝，又把頭深埋在手掌中。

沒有責備，也沒有安慰，她奇怪自己的堅定，「那麼你在做什麼呢？」「我洗碗，撿水果，鏟雪……」立民把頭從手掌中抬起來，「我什麼都做，我交不起學費，我原本想積點錢再註冊的，可是……」立民沒有說下去，但柔芝體會到他的心境，他放棄了喜愛的化工，忍受著洋葱的辛辣，雪中的寒冷，到底為了誰？她再也抑壓不住內心的不忍，伏在立民的肩上放聲大哭了，「妳還有機會，猶他大學仍願給妳部分獎學金，明天我帶妳去見系主任。」

她沒有去見系主任，而去了介紹所，儘管立民多麼堅決的反對，她心已定，放棄了她喜愛的文學原非她所願，然而遠離了相愛多年的立民，又叫她心何所忍？她只要愛，真心的相愛，多年來，她是如此痴迷的覓求這份穩定的力量，當她又找回了愛，在失去父母多年後的今天，立民對她的意義該是多麼重大？她只有倍加珍惜。好不容易找到了保險公司管理檔案的工作，那是在她抵達半年之後，立民又開始上學，但那一份對知識的狂熱已被生活磨得灰冷。清苦的生活，只要有一絲曙光，也不至於迷失了方向，然而昂貴的學費使他們捉襟見肘，物質的享受又使他們掌握不住求知的舵，終於立民又重操舊業，再到餐館兼差，忙碌的生活和課業，壓得他們相對無語，沒有假日，也沒有歡樂，有的只是在燈下排那緊得不能再緊的預算，以及時時擔心被移民局「炒魷魚」，他們總是緘默，不是不再相愛，而是愛得太深，深怕生活中的窘迫，使他們的言談感染到那一份壓力，而傷害到對方早已傷痕累累的心。

她好像已經麻木了，在那一串緊張繁忙的生活重壓下，那種無憂而寧靜的生活已離她很遠了，她不敢回憶，那使她更加懷念逝去的一切，她更不敢憧憬未來，那將會有什麼呢！頂多是，每月五、六百的收入，而永遠是飄泊在異國的一片落葉，也許會有汽車，會有各種享受，但永遠填不滿那種虛空和茫然。

是立蘋的來信，使她的心又燃燒起來了，不是信中夾著的杜鵑花，不是她紙上躍然的愉快情愫，而是那張照片，那一個白白胖胖的娃娃：「我們沒有什麼成就，只有這個胖兒子使我們充實起來，他是我們快樂的泉源。」立蘋信上說的，使她又嫉又羨，「沒有孩子的家庭，就像沒有花的花園。」她想到那一片荒蕪的景象，她丟棄了多少避孕藥的盒子，也丟棄了多少個可能來臨的兒子或女兒，她們不敢有孩子，後天失調比先天不足更罪惡，只好等待，等到他們不再為生活發愁，當他們不再年輕，那必須再等幾個三年？值得嗎？為一個渺茫的未來，扼殺了多少個現在？立蘋還有一個兒子，而我總不能聽任立民永遠跑餐館洗碟子呀！

「回去！」柔芝像下了最大的決心，大叫了一聲，「什麼？妳叫我回去！」燕妮從柔芝肩上抬起了那雙哭腫的眼睛，「妳是說除此沒有辦法使我和以哲相見？」燕妮失望的說，「妳至少總得給我們一個機會，碰碰運氣，要我放棄這兒的生活和一切，太不公平了。」叫柔芝怎麼說呢，讓以哲再像她當年一樣到處求情說項，再找一對義父母，做別人的兒子，犧牲在臺灣已有的事業基礎，從頭幹起，像她和立民一樣，讓現實把理想揉得粉碎，讓忙碌去填那永也填不滿的虛空？

「這兒多的是物質享受，我懂，但是燕妮，妳看，我和立民，看看這兒多數的朋友，我們盡了力，永遠比不上美國人，同樣的工作，我們只拿人家的一半報酬，沒有週末、假日，累得半死，為的是什麼？真正在求知倒也罷了，可是……」柔芝嘆了口氣，「要不半工半讀，要不讀一期停半年，有的乾脆不讀了，我想以哲出來看看是可以，但要他做那麼大的犧牲，妳不覺得太冤枉？我常常在想，如果把這份幹勁帶回去，為自己的國家效勞，成就一定更大！」燕妮很想反駁什麼，但柔芝那副肅然的神色，使她不想多做解說，也許她還得好好把問題想一想。

窗外雨聲仍敲打著屋簷，柔芝望著外面黑濛濛的世界，不禁想起：「少年聽雨歌樓上，紅燭昏羅帳，壯年聽雨客舟中，江闊雲低幽雁西風，而今聽雨僧廬下，兩鬢已星，悲歡離合總難，一任階前點滴到天明。」她好像在那黑濛濛的世界中找出了一道微弱的曙光，她終於知道並確定了該走的路……

踩著碎夢

她把長長的頭髮往上盤，好像有許久未曾梳頭了，她只是讓它垂著，讓一本本的教科書啃蝕了她的心，讓無盡的忙碌撕裂了她的記憶，而現在她卻端坐在梳粧臺前，煞有介事的梳著頭，只為了去迎接一個人，一個陌生的人，當然，也很可能成為她生命中極其重要的人物。

真是，很可笑是不？但是什麼事不可笑呢？呢喃的情話？纏綿的愛情？一抽屜的誓語，貼著有林肯長臉的郵票？而後來，「我很抱歉，我只是不得已，妳一定會找到更好的人，我實在不配……」哈！這不更可笑嗎？「好了沒有，淑芬」，媽媽蒼老的聲音在催促著，可憐的媽媽，這一年來，可把她急壞了，在她的世界裡必然沒有這麼多的困擾，她只是盡她的責任，侍奉丈夫，養育兒女，而她卻讓母親操心，「我在妳這個年紀呀！都快生老三了。」現在好了，一個有學問，有經濟基礎的金龜婿，正飛過太平洋，也許已經到了松山機場了。

「好了就走吧！還發什麼愣？再慢要來不及了」，她凝視鏡中的自己，盤起的頭髮下有一張木然的臉，大大的眼睛透著陰暗，眉梢下已開始有了細細的紋路，是誰說過：「廿五歲是一條灰色的帶子」，而她正跨過這長長的帶子，難怪媽媽要焦急了，即使她不急，那些親友們也要代為緊張了，要不，怎麼會忙於到機場接一個陌生人？也許他是跛子，也許他是禿頭，但總比沒有好，不是嗎？——想想看，家裡有一個老小姐是多麼不可思議的事？而且又曾經有過一次不光彩的戀愛。

車子緩緩的滑過柏油馬路，前面的鏡中映著她高高的頭髮，「妳盤上頭髮的樣子真像『印度公主』，可愛極了」，他說的，那時她才入大學，姐姐說她有一個很好看的頸項，於是她把直直的長髮往上盤，自己似乎也很欣賞那樣子，那使她覺得自己多麼神氣，像是頂著未來的美夢，而把六年的三角、代數丟於腦後，她笑得很多，可是笑得最多還是和他相處的時候，他喜歡稱她「印度公主」，只因為她有一對烏亮的大眼睛，和微黑的皮膚，而現在，他是否擁著他的夏威夷公主，躺在柔細的沙灘聽著浪聲？

夏威夷，這一個揉合著羅曼蒂克和夢的仙境，對她曾是多麼親切，「那是度蜜月的好去處」，他曾這麼說，「等我拿到碩士時，妳正好畢業，嗨！一定要來哦！」淑芬心裡盪漾著幸福的喜悅，因為她覺得美夢快要成真了。可是……「淑芬，別老皺眉，那小子可把妳折磨夠了，還丟不下心對不？」哦！媽媽，別再說了，我不是聽您的話任您擺佈了嗎？突然，淑芬發現有那麼多的眼睛射向她，媽媽的，姨媽的，還有嬸嬸的，帶著那麼多的憐憫和痛惜，她把頭別向車外，中正路上那家寫著「純喫茶」的青龍咖啡室，又使她一怔，那裡印有太多的記憶，當他考取夏大那天，他也曾坐在那兒，要求先行訂婚，她不肯，只因為不願用世俗的形式，去玷污她們之間真摯的愛情，「淑芬，又對著窗口，風把妳頭髮吹亂了，快理好，就要到機場了，人家人品學識樣樣都比那小子強……」姨媽嘮叨著，她的眼中模糊了，心痛他被人唾棄？抑或委屈自己的無助？

「夏威夷真是一個世外桃源，長長的沙灘，高大的棕櫚，還有顏色鮮艷的各種花卉，尤其在清晨或黃昏更美，如果妳來多好，我們可以赤著足在海濱散步！」他的來信，減去了相思的痛苦，「下個月就放假了，同學們組團要到各島旅行，不過我不想去，這樣可以有更多的時間想妳……」「我還是參加了他們的旅行，為了耐不住一屋子的寂寥，而此地的風光又是如此的綺麗誘人，哦！告訴妳一件事，有一個團員，竟像煞了妳，只是比妳黑些，如果是妳，多好，還有一年就可看到妳了，日子快些過去吧！」「有好久沒寫信給妳了，因為趕著寫論文，且又病了一場，已經好了，別掛念！真高興聽到妳已開始辦手續了！」然後，當淑芬正忙於沉醉在夏威夷的天堂中時，他的信遲遲到達了，「淑芬，我不知該怎麼說，總之，我不配接受妳真摯的愛，我不敢求妳原諒，只求妳忘了我，昨天，我已和南茜結婚了，她是本地的華裔，在我病中多承她照料，她使我想起妳，因為妳們那麼像，……唉！我不知怎麼說了，總之，我很抱歉，一定有更好的人照顧妳……」

淑芬閉上眼睛，搖去了滿心的紛亂，一年多來，她已埋葬在自己的小小生活裡，教書，改本子，指導學生，她不恨任何人，只是，只是覺得可笑，她並不追求什麼，雖然愛的時候曾感到如此的充實，但，如果一切都是命中註定的，那麼就隨它去吧！世界上，原本沒有永恒不變的事，即使是海誓山盟……機場上喧嘩的人聲，三年前，她也夾在人群中，噙著眼淚望著他離去，心中充滿夢想和希望，而現在，她木立於此，踩著一地的碎夢，迎接著那不可知的未來……

花車

走在紅絨的地氈上，沒有激動也沒有興奮，音樂在教堂的四周響起，夾雜著兩旁親友的低語，她突然覺得這條路好長，好長，勝過了她十年所走的路程。

十年，一個人的一生有幾個十年？而她飄泊了十年，在這異國的城市。從一個盛滿夢幻的少女到被現實擠扁的女人，從一個城市到另一個城市，她得到了什麼？銀行裡逐漸增多的存款，還是幾張不同學校的文憑？

還記得船到美國那天，她是多麼興奮，望著矗立的大廈，整齊的街道，她只想歡呼，她終於到了這塊夢寐以求的仙土，背負著父親的期望、母親的叮嚀，她走入了這繁華的城市，充滿信心的對自己說：「我一定要好好讀書。」

她是好好讀書了，多少個明媚的春天在她的書頁中被翻過去；多少個飄泊的日子，她把自己埋在實驗室中，而更多傾慕的眼光被她拒於心扉之外，她不敢怠慢，有那麼多的書要看，那麼多的報告要寫，而父親的話常在耳邊響起：「妳要拿個博士回來，爸雖沒兒子，但妳比兒子強。」

同學們個個結婚了，她並不羨慕，她不是那種能整天與丈夫、孩子、奶瓶、尿布為伍的女人，她有她的理想，那不是小小的一個家所能容納的，何況再一年她就能得到碩士學位，但是她害怕的一天終於來臨了，她的指導教授請她去談話，就在她通過碩士考試不久。

「張小姐，我們很抱歉的告訴妳，恐怕不能給妳任何補助去完成博士課程了，妳知道，博士學位是相當重的課程，也許我可以介紹妳到別的學校。」她呆在那兒，很明顯的，她能力不夠，她不被容於這所名氣大的學府，她黯然的離開，當晚就持著教授的介紹信離開了加州。

到達堪薩斯的第二天，馬上註冊上課，她更用功了，那雙烏黑的大眼睛被罩在厚厚的近視眼鏡裡，才廿多歲已經有些白髮了，然而她的心被書壓得扁扁的，她無暇去理會這些，假日裡，同學們都出去狂歡了，她卻總是與實驗室中那些瓶瓶罐罐消磨可貴的時光。

也許她的才智不夠，也許她爭不過那些年輕的孩子，在她連拿兩次B之後，獎學金就停給了，現實是最殘酷的，她不能跟家裡要錢，她出國借的債才還清，她不能跟同學借，用什麼去還？於是她暫時離開了書本，她想，停一年也好，等賺夠了錢再唸，我遲早要把博士學位拿到的！

於是她到了芝加哥，她找到一個很好的工作，但是她念念不忘她的學位，做滿一年，又到芝加哥大學註冊上課了，她孜孜不倦的努力，幾乎心無旁貸的往書本裡鑽，前兩年她讀得還順利，等到她遇見了楊，那個使她充滿矛盾的男孩子，「玲，答應我把妳的心空出一個位置容納我。」他誠懇的神態令她心動，她幾乎默許了，但她卻說：「不，我們必須等待，等到我拿到博士學位，你知道，我不能令對我寄予厚望的父親失望。」

「我願意。」她聽到耳邊響起的聲音，猛然從遙遠的回憶中回到現實，牧師又以同樣的聲調對著她：「張玲，妳是否願意與程伯中結為夫婦，永遠相愛相敬相諒……」她機械的點頭，「我願意」，她輕吐出這三字之後，感到一陣昏眩，她不知道自己到底在扮演一個怎麼樣的角色，在這多采的人生舞臺。

不是的，不是的，那不是楊，那個使她迷亂和心悸的男孩子，他只是一個妳才認識兩週的陌生人，是的，陌生人，她偷偷的睨了他一眼，微禿的前額，矮小的個子，好生疏的一張臉，可是他是博士，她讀了五年，始終未曾得到的頭銜，這樣想著，心中好過了些，至少也是博士夫人呢！她自嘲的笑了。

「恭喜，我剛從棕櫚泉度假回來，看到妳的帖子就趕來了，什麼時候到加州的，怎麼事先不告訴我一聲？」，她的心像被人重擊了一下，就那麼懸著，像踩碎了的氣球，「這位是……」她旁邊的人推了她一下，「哦！這位是楊先生，這位是程先生。」兩個男人在寒暄著，她再也忍不住內心的愴痛，藉故離開了茶會。

這是多麼大的錯誤呀！他只是去度假，妳只是想給他一個驚喜，可是事情變得多糟？

「妳為什麼那麼固執？妳照顧好一個家庭，使丈夫無後顧之憂，不比學位更重要？答應我，玲玲，我相信我會給妳一個安適的家，」楊的聲音又在耳畔響起，「而且加州的天氣會治好妳的鼻子過敏。」那時她正在收集論文資料，「我不會是個好妻子，你會失望的，而且再過兩年就得到學位了，你既已等了那麼些年，又何必差……」，楊失望的走了，到那遠遠的加州去當研究員的工作。

她突然感到失落，不僅是楊的離去，也是為幾次不獲通過的論文考試，她到底為了什麼呢！那一紙文憑？那一聲讚賞：「爸雖沒兒子，但妳比兒子強！」她鞭策著自己，沒有假期，沒有週末，每當看到別人美滿的家庭，她偶爾也有一份悵然和無依之感，但隨即她的雄心取代了一切，「再苦幾年就出頭了，拿了博士，一切的苦都會甜的！」可是，現在她的城牆倒了，一次一次的失敗，證明了什麼？她的能力不夠，她的潛力不足，支持她的憑藉失去了，一切也都成了空，愛情、婚姻、學位……她擁有了哪一項？

「妳怎麼躲在這裡？我的朋友妳就不能招待一下嗎？」粗嗄的聲音，已經透露出一家之主的威風了。這就是將與我相守一輩子的丈夫？我怎會嫁給他？哦！對了，在灰狗的車子裡，從芝加哥到加州，我一路暈車，他在拉斯維加輸光了錢，於是他照顧我，我照顧了他的三餐，多好笑，一個窮得一文不名的博士，我是為了羨慕那頭銜？還是想到報復楊的離去，而忍不住分一份同情給他？

想到楊，她就滿心愉悅，一張憨直而誠懇的臉，總給她無盡的溫暖，在她獨居失望的幾年裡，陪伴著她度過漫漫的長夜，靜靜的清晨，尤其在她病痛或失意時，她總憶及這份被她埋沒的戀情，她不敢寫信給他，許是驕傲，許是慚愧，多年來她始終保持緘默，而把思念藏在心底。

她還是到加州來了，為了捕捉一絲希望？為了厭於長久的飄泊？她自己也不解，隨著銀行存款的增多，眼角的皺紋像扇子一樣地拉開來，疲倦爬滿了全身，她只想停下來歇一歇，她選擇了加州。

「我已到加州，現住××旅社。」下了灰狗，她只畫了幾個字寄出，暈車使她軟弱，舊地使她傷愁，而等待使她心焦，「妳的朋友呢！我看他不會來了。」程每次來總有意無意的澆她冷水，在空等了十天之後，她的心往下沉了，「連電話也沒有一個，更不用說來看我了。」失望、懊喪、病痛、無依，加上對生活的疲憊，她做了愚蠢的決定，接受了程的求婚，而現在來聽他那粗魯的吆喝！

車子滑過了市區，前面是十幾條高速公路，她會走向哪一條呢？「妳帶的旅行支票夠用吧！我看妳還是把芝加哥的存摺給我，我幫妳辦過戶。」他的話打斷了她的沉思，她把支票及存摺交給他，反正她已麻木了，一切都空了，錢又算什麼呢！妳當然知道他只是在潦倒時碰到了一位富婆，而妳呢？不必隱瞞，只是在想結婚時遇到了他，妳還求什麼！年輕人的羅曼蒂克？不是太緣木求魚嗎？

哦！夠了！夠了，想那麼多來折磨自己，何苦？在十年的奮鬥中，早已把精力透支了，讓腦子一片空吧！想到父親的得意、母親的欣喜，以及他們那種「小兒小女在美結婚」的滿足，儘管一事無成，至少了了父親的心願——拿博士或嫁博士，誰管他是什麼博士呢！她疲倦的往車座一靠，閉上眼睛，讓花車把她帶到不可知的未來。

倦鳥

「男人，還不如糞土。」她高聲說著，我吃驚的望著她，不，不止我，所有圍繞在周圍的人都一起回頭看她。

「我就不懂為什麼有那麼多女孩子心甘情願，委屈求全去巴結他們？為了結婚？結婚又為了什麼？」她繼續說著，我窘極了，人們的眼光全向我們這邊投射過來。剛剛，當朋友們把她介紹給我時，我禮貌的問了她。

「哪一位是妳先生？」

多麼後悔自己的冒失，為什麼妳認定每一個人都該有丈夫？是為了她臉上留下了太多時間的痕跡？

「我還沒結婚。」她看了我一眼淡淡的說。

恨不得找一個地洞鑽進去，我一定傷了她的心。

「對不起。」我低低的說。

「沒關係，我不在乎別人怎麼想我。」她看著我那副窘相，反而笑了。

「其實妳一進來我就認出妳了，妳不是女中畢業的？」

「是呀！」我高興的叫起來，寬心了不少。

「我們是隔壁班，還一起上過體育呢！」

這時我才敢仔細的端詳她，除了那深邃的眼睛外，驚異於她那早到的憔悴，她不提，我永遠也認不出。

我們談起了許多認識的朋友，過去的趣事，卻引起了她無盡的牢騷。

「記得蘊如吧？」

我點點頭，想起了那當年功課、體育、音樂的全才，「她在哪一州？」

「自從她嫁了那位禿頭博士之後我就沒她的消息了。」她輕蔑的說。

「那美虹呢？我記得她也出來了。」我問她。

「哎，別提了，她和我同一年出來的，不到半年，叫苦連天，找了一位土生華僑結婚去了。」

「還是妳行，快拿博士了吧！」我恭維她。

「早呢！妳才從臺灣來，又有丈夫、兒子，可想像不出我們讀書之苦呢！」她嘆了一口氣。

「那就不讀嘛！我看妳身體也不太好，何必虐待自己。」我說的是真話，曲高和寡，不免有知音難覓的落寞。

「有要好的男朋友嗎？」我關心的問她。

就是這句話，引起了她那句語驚四座的話。

還好這時外子過來介紹我認識另外一位朋友，她就藉故走開了。

那天聚會之後就接著放寒假，忙著計劃旅行，與朋友相聚，日子頓時過得有聲有色起來了。

度完假回來，在一大堆來信中看到了她的便箋。

簡，有空請到宿舍來，我有話跟妳說。

以莉上

我不待坐定，馬上飛奔至她的宿舍，雪仍覆蓋著幽靜的校園，學校仍未開學，有家的學生都回去與家人團聚了，最難忍受的該是異鄉遊子的孤寂。

「以莉出去了，她大概一會兒就回來的，坐坐吧！」與她同房的蘇珊，熱心的搬了張椅子給我。

我脫下了大衣、手套、鞋子！走得一身熱，一到室內，那過暖的暖氣簡直令人窒息。

「嗨，簡，你知道嗎，以莉有男朋友了。」

蘇珊也坐了下來，顯然一肚子的話想找一個人賣弄一下呢！

「真的，是新認識的嗎？讀什麼？」

我恨不得一口氣問出十個問題。

「我不太清楚，聽說他們在臺灣就認得了，這學期才來這裡讀書。」

「以莉對他才好哩！」

蘇珊看我沉思不語，又加了一句。

這時外面有關車門的聲音，我們都站起來朝窗外望去。

咳！一輛嶄新的「野馬」跑車。

「是她男朋友的嗎？」

「不，是以莉買的，跟學校貸的款，每個月從她的獎學金裡扣。」

我吐了吐舌頭。

以莉進來了，看到我高興的大叫，一身米黃的洋裝，外加一件鮮紅的大衣，臉上薄施脂粉，竟顯得分外嫵媚。才兩個多月不見，愛情使她容光煥發了。

「這樣奇怪的看著我做什麼？」她打量了我一下。

「好美哦！」我衷心的讚美她。

她不好意思的轉過身子，面對蘇珊。

「咦，蘇珊，妳不是和彼德去溜冰嗎？」

「那有妳那麼好運，彼德又不只我一個女朋友。」

蘇珊黯然的說。

「真不懂你們兩人！」

以莉說著轉身去燒咖啡了。

我跟著以莉轉來轉去，聽她輕哼著歌，看著她眼中的笑，哦！愛情真會使人年輕、活潑呢！

咖啡的濃郁香味充滿了房間，我站在窗前看著窗外一片銀白的世界，蘇珊端了一杯咖啡跑到樓下看電視去了，冬日的黃昏，正緩緩的伸向每個角落。

「看到我的新車了。」以莉是這樣開始告訴我的。

「嗯，我很喜歡那淺淺的綠色。」

「花了我所有的積蓄，每月還要被學校扣五十元。」

「想不到妳那麼捨得花錢。」

「看穿了，錢留著做什麼？人生幾何，還是及時行樂吧！」她啜了一口咖啡。

「聖誕節到哪去玩了？」

「可玩得多了，就為了玩才去買車的，冬天不好開，萬一買部半途喘不過氣的老爺車才煞風景，一狠心，買了這部全新的。」她臉上有種滿足的神色。「江豪特別喜歡這個牌子，我就買了。」

「江豪？」好熟悉的名字。

「江碧的弟弟，就是因為江碧與我們同過學，託我照顧她弟弟的。」她低下了頭，喝了一口咖啡。窗外，暮色漸漸加濃了。

「找妳來就是為此，」她望著窗外的暮色。「我突然自卑起來，這是我從未有過的感覺，他太年輕，而我老了。」

「妳並不老，而且妳的才智更在一般女孩之上，有什麼好自卑的呢？」我安慰她。「才智？如果博士學位能使我年輕十歲，我情願用它去換回我的青春。」她大聲地說。

「真是愛情使你變糊塗了。」

「我也不知道，總覺得心中有塊陰影，這麼多年了，我一直很小心，避免自己付出太多，這次，因為想著是小弟弟，對他就特別熱心。而且江碧來信又一再叮嚀，誰知……。」

「他是學什麼的？」

「他原來在麻州大學讀電機，那邊停了他的獎學金，所以想到康大來碰碰運氣。」

「有沒消息？」

「他來晚了，春季的名額又有限，這幾天他急得想跳樓。」

「別的地方試過沒有？」

「他不想試，他說他不捨得離開這裡。」以莉羞怯的笑了笑，像決定了件大事似的，盯著我。

「妳會不會覺得我傻，如果我供他讀書！我的課程已快修完，下學期寫論文時，也許可以去找個兼差做做，收入該不會有問題的。」

我懷疑的看著她，那細瘦弱小的身子裡，竟有一顆如此熾熱、堅定的心。

我能說什麼呢？

「江豪怎麼說？妳問過他嗎？」

「我沒問他，但他提起過問我借錢的事。」

她嘆了口長氣。

「我不管別人怎麼想，但是我要妳瞭解我的心境，這麼多年來的飄泊，學業上的挫折，生活上的無依，每日兢兢業業地，沒有得到過一絲關切，也沒付出過一點真情，我的世界只有試管、實驗儀器和一大堆的書。」

我點點頭，我了解她的心聲。

「當江豪說他不想離開這裡時，我竟感動得幾乎不能自制。」她啜了咖啡，不加糖的咖啡，「也許他留下來有別的原因，並不是為了我，但我覺得如果能為他做點什麼，將是我最大的快樂了，也許愛情本身就是一種奉獻，取得已不可能，能付出未嘗不是一種快樂。」

※　※　※

聖樂從教堂的四周流出來，來賓全部站起來了，以莉緊捧著花的樣子，竟使我憶及了兒時放風箏時，緊捉住長線仰望天空的心情，線也許會斷，風箏也許會掙脫開線而遠走高飛，但看著它升起的剎那，總是一種抑壓不住的快樂，何況，也許會安全回航呢？

「男人全是糞土」，想起了她罵人的口頭禪時，我不禁多看了一眼從跟前走向聖壇的新郎，不知道江豪是一塊「糞土」還是「寶玉」？唉！誰管那麼多呢！至少在飄泊了多年之後，她終於覓到了一個棲身之處了。

情歸何處

他揚起了手，向那送行的親友揮別。陽光下，那枚精緻的訂婚戒指好像特別耀眼，下意識的，他放下了手，像是要藏起一份秘密；不，不是秘密，是不安。他不知為何有這種感覺，也許一種近乎兒戲的婚姻，使他有歉疚的感覺。遠遠地，他看到玫麗——他的未婚妻，正向他熱情的搖手揮別，那裏著橘紅色迷你裝的身影是如此的模糊，搖擺不定。「你要快點辦好手續接我到美國哦！」耳中卻清脆的響著玫麗的嬌嗔。像是對自己，也像是對玫麗提出一種保證，他又高舉起雙手，專心的左右搖擺，然後背轉身，大步跨上梯子，把那些親情、柔情拋在那將起飛的機艙外。

坐上位子，才真正鬆了一口氣，三個多月來，第一次如此舒暢的放鬆了身心，他點上一根煙，想好好的整理一下那紊亂的情緒，卻像是一部過於新潮的影片，他幾乎找尋不到自己。雖然，無可否認的，自己當了主角，而演得也不錯。

好像從三個月前下飛機起，他就迷失了自己，迷失在母親的愛語和淚痕裡，迷失在親友的佳肴美酒裡，而真正的他，完全迷失在玫麗那雙眼波裡，那青春的笑靨裡。

出國七年，他已淡忘了情感生活，他的雄心大志在現實生活中被他踩扁，他的夢想和青春也在書頁裡被他翻過，而這次回來，那久違了的關懷和愛護，像要補償他七年的冷落，一起向他圍攏過來，耳中響的是親友們的讚美和驚羨，他們搶著請他吃飯遊覽。父親像是顯耀一件得意的寶貝，帶著他一家家的拜訪，而他真正渴望的是躲在家中那小小的日式房子，和母親，和弟妹共敘天倫，讓他重溫那平凡而快樂的日子，而不是去聽親友們的恭維，和長輩們那種打量的眼光。「告訴伯母你要什麼樣的小姐，臺灣女孩子漂亮的多的是，以你的條件，一定沒問題！」而更不願去聽那令他難堪的阿諛：「小弟，好好用功，將來像王家哥哥那樣有出息，媽就沒白疼你了。」

他不知道自己有什麼值得羨慕的，去國七載，除了獲得一個不出名的學校的學位，混了個不太差的職位外，他所真正剩下的是什麼？事業談不上，家庭沒有著落，假日週末，圍繞他的是一屋子凍得死人的冷寂。可是，連昔日的同窗見了他，也羨慕的說：「還是你行，衣錦還鄉。看看我們，這輩子是無望了，兒女成群，家就像把大鎖，牢牢的把我們的雄心鎖住了。」他能說什麼呢？當年和他一起把酒話壯志的老友，也變得如此現實，如此不瞭解他的孤獨，其實真正值得羨慕的是他們，有賢慧的妻，有活潑的兒女，有人分享他們的快樂和挫敗，而他呢？飄泊復飄泊，何處是他的棲身之處？

是在那種孤獨的心情下，才想到需要有個人談談，才想到可談的人太少。在美國，只有三種人願聽你的心語和感觸，那就是妻子、十八歲以前的兒女

（十八歲以後就有自己的伴侶了），以及豢養的愛犬。他沒有妻，當然就沒有兒女，而養狗的情趣更淡。忙碌後的空虛，學成後的疲憊，使他的鄉愁更濃，使他懸盪的心，急於棲息，於是，他放開了一切，束裝回國，他很想就此安定下來，為自己的國家社會盡一點力量。

可是，他還是走了，機身震了兩下，就緩緩升入雲中，松山機場在底下縮小，臺北在逐漸遠去，他又再次的懸在空中，除了指上多了一枚戒指，此行，他連夢想中每天懸念、渴望的親情也變輕變淡了，從紐約返國途中，他曾幻想與家人歡聚的快樂，告訴父親將回國久居時，老人家的欣慰、鼓勵，與老友們相聚共憶昔日豪情，共策未來發展；然而，一下了飛機，他們就熱烈的招待他，殷勤的關心他的終身大事，而客氣的問他將在臺北停留多久，他們沒有把他列入他們的圈子，沒有像撫慰一位遊子似的給予溫情，而只是把他高高舉起，像一座偶像似的崇拜。

就這麼茫然的，連他自己也忘了回來的目的，好像就是專為找一位伴侶似的。母親感傷的說：「你也是的，在外面六七年了，也不會為自己安個家，看你瘦成這樣，有個人照顧就不同了。」他很想像當年在廚房裡看母親一邊炒菜，一邊聽他的述說，他也想把在美的種種向母親吐露，但，還是忍住了，母親要聽的是，「昨天看到的那位李小姐滿意嗎？人挺能幹的！」「前天劉伯母帶來的季小姐你看怎麼樣？聽說燒得一手好菜」……他好像站在邁阿密的海灘，每天看著不同的美女，不同的是她們沒有穿著比基尼，而且旁邊都有母親陪伴，在他「相」人之前，先得被未來的「準丈母娘」相一相！

於是他回來的動機變得很單純，為了找一位太太，能否認嗎？三十多歲的人了，所謂「不孝有三，無後為大」，父母如此殷切的期望抱孫！而親友們如此熱情的介紹，他不得不承認，臺北的美女真不少，兩個多月來，比他在美七年見得更多！他深深感到臺灣不僅工商業突飛猛進，連女孩子也比他七年前出國時更活潑、更積極。

就是在這種情況見到了玫麗，年輕的臉上掛著無邪的笑，她是妹妹中學的同學，但是考了兩年都沒擠進大學的窄門，只好到夜間大學去選幾門課，過過讀大學的癮，「反正我不是讀書的料，可是爸媽非要我考，沒上大學好像把他們的臉都丟盡了。」第一次見面，她就如此坦率的告訴他。他喜歡她的坦白和朝氣，那是他所失去了的，和她在一起不必想那惱人的事業、前途，只要口袋裡裝滿錢，帶她看一家家商店的櫥窗，買一點她喜歡的東西送她，那副粲然的笑容，就會使你感到付出的代價多麼值得。

但是，他一直沒認真過，他喜歡和玫麗玩，是因為她既沒有劉小姐的「做作」，也沒有季小姐的「世故」，當然也沒有那些千嬌百媚的小姐們俗氣。然而，他只把她當一位小妹妹，一個玩伴，卻沒想到相處不到一週，她就提出了問題，「你什麼時候帶我去美國？」他幾乎嚇了一跳，他說過要帶她去美國嗎？好在她只問不求答案，「媽媽說我得學些家事了，到美國一切都要自己動手，是不是？」他笑笑，點點頭。「你說我們住平房好還是兩層樓好？媽媽告訴我，你在保險公司做事，有車子又有錢，你買了房子沒有？哈！當然沒有，你一個人怎麼會買房子呢！我去就好了，我們把房子漆成黃色的，我喜歡黃的顏色。」她絮聒不停的說著，好像眼前就是一片錦繡的美景，她那樣充滿信心和希望，反而把他推入了沉思之中。我能滿足她的慾望嗎？如果我能使她快樂，那麼至少我自己也可得到一些快樂。多久以來，他一直生活在孤獨中，他急於付出，即使不是真情，但能換來對方的快樂也就夠了。可是沒有，他付不出去，即使付出了，也不能取代那份歉疚。是的，那份歉疚，七年以來，像一個瘤似的長在他心裡。他忘不了芸那雙幽怨的眼睛。

如果七年前他不出國將如何呢？為芸留下來，守一個小小的家，生一群可愛的兒女。「我們可以很安定、很詩意的過日子。」芸曾說過。但並沒求他留下來，她了解他的野心，於是他走了，否決了四年的戀情。「我會回來的。」他說過。是的，他回來了，但卻在長長的七年之後，當年他的小情人已成了人妻，而自己的壯志是否付諸實現？他才感到自己為未來付出太多，付出太多的「現在」和理想，而當你達到「未來」那點境界時，那份快樂是否超過所付出的「現在」？或者相等於「現在」？於是，三十五歲的他，有了一個新的人生觀，活著就是為現在，把握住現在的每一分秒，每一快樂，他不想過去，也不追求未來，他要緊緊的握住現在。

他捉緊了玫麗的手，玫麗柔順的靠過去，「妳真的願意跟我到美國？」「當然。」玫麗興奮的瞪大了眼睛，「我一直夢想有一天能去那黃金國。」「妳不怕我欺騙妳？譬如說我一文不名。」他真恨自己的俗氣。「你不會的。」玫麗充滿信心的說，「即使你一文不名，我也跟你，我喜歡你！」他真的被感動了，被那一聲出自十八歲少女口中的「我喜歡你」，多少年來，他沒聽過這一句話，即使那不是真心的，但在他空寂的心靈裡，已響起了回音，他不知道，自己是多麼需要這種回音！

他告訴了雙親要留下來成親的決定，母親高興得又是眼淚汪汪，父親卻板著臉說：「為什麼要留下來呢！你那邊有你的事業、你的前途，回來作什麼？」「臺灣近年來工商業那麼發達，我學經濟的，正好為國家效一分心力。」

他激動的說，「何況您和媽年紀也大了……」「什麼，我還要做十年事才退休呢！你還是去吧！再說，你怎麼對何家說？人家女兒要嫁，臺灣比你年輕英俊的青年多的是，為什麼選上你？還不是因為你可以帶她出國！讀了那麼多書連這點道理都不懂！」父親氣急敗壞的說。他本來還想辯駁，但想想算了，他不知道玫麗是否也和父親一種看法，如果他不再回美國，就不嫁他了？但是，他不想問玫麗，他的希望已失落得太多，太快，且讓他就保存這僅有的一個吧！

※　※　※

機身搖了一下，空中小姐輕柔的聲音，報告著還有十分鐘就到東京的成田機場，把他從沉思中拉回了現實，窗外，是一片湛藍的晴空，就要到東京了，他想，到了東京到底該先寫張平安信給玫麗，還是買一件毛衣寄回給他的未婚妻？是的，未婚妻，他必須早點適應這種身分和感受，那是他僅剩的希望，也是他再度赴美的唯一理由了，他能不倍加謹慎、殷勤？

更上一層樓

宿舍又空了下來。

回家的回家去了，度假的度假去了，只剩下幾個和她一樣的異鄉人，除了上圖書館，就茫茫的守著一座偌大的建築物。

到哪去呢？在這冰雪的冬天，在這人人歡度復活節的異鄉。

她坐在窗口，冬日早來的黃昏，瀰漫在空中，枯枝顯得更伶仃，風吼得更兇猛，而月亮尚未亮起，星星呢？今晚可會有星星？

「妳還好嗎？功課多不多？好想念妳，家裡一切都好，群兒已上幼稚園了，小雯也進了托兒所，他們都很乖，很聽話，只是常問我媽媽幾時回來？

我們都好想念妳，希望妳安心研究，早日回國……」

淚眼中，她又展讀了丈夫的來信，丈夫的體貼，孩子們的嬌態，一起全湧上心頭，沒有一個母親像她那麼不盡職，沒有一個妻子像她那麼不安分，若不是丈夫肯諒解、支持，不知自己是不是狠得下這個心，一個人頭也不回的來到這千里之外的美國。

書桌上就擺著出國前的全家福，群兒那一副小男生的樣子，穿上幼稚園制服該多神氣？小雯那小胖臉，圓圓的嘴，真想親親她，小嘴該更會嘮叨了，唉！真想就這麼衝回去，不再是年輕的人了，有了家，尤其是那麼可愛幸福的家，就多了一份眷念，那份求知向上的心，多少顯得虛無而縹緲了。

也不知道自己這樣做對不對？雖說只有短短的一年，但那種煎熬卻比一世紀還長，在緊張繁忙的日子裡還容易打發，但一到黃昏，一到週末，閒下來，她就忍不住的問自己，「我這樣做對不對？我是不是付出了太多？」

付出與取得本不易明顯的訂下界線，更何況那是無形的理想，一份優厚的研究獎學金，一片任妳遨遊的學海，動搖了她固守了多年的心，她原本只想安安分分的守住一個職位，守住一個家，但當意外的機會從天而降時，她再也淡泊不起來，再也冷靜不下來。

那天，系裡收到一份通知，將選派二名出國深造，主任準備推薦她，每年二萬五千美金，外加旅費補助。

她拿了表格，愣在那兒，她的夢，她未實現的夢，眼看著就捧在手中了，卻反而猶豫。大學畢業那年，為了湊不足旅費，只好放棄了那筆優厚的獎學金，走進了結婚禮堂，心甘情願的做一名最平凡的妻子。

第二年，群兒出生了，丈夫奉派出國進修兩年，為了排遣這份寂寞，才回學校當助教，沒想到一待就是四年，別人一個個爬上去了，同學一個個拿博士、碩士，一回來就是比她高，她不在乎，她對自己說，我有丈夫、兒女，和她們爭什麼?可是她真的不在乎嗎?捧著表格她再也恬淡不起來，她的成績一向很好，社會學更是她的興趣，能出去走一趟多見識一些世界，為什麼要放棄呢？何況又有那麼優厚的條件。

丈夫看出她的矛盾，卻一心支持她再去進修一年，學位倒在其次，他看出她的心意。

「妳要想在學校裡待，當然要多充實自己，這是一個大好機會，一年，很快就過去的，你還猶豫什麼？」

「可是，孩子怎麼辦？你怎麼辦？」

「孩子都很乖，妳放心，等妳走時，群兒可上幼稚園，小雯也可上托兒所了，妳母親是不是可來幫忙一下？反正她也疼他們。」

「媽媽來照顧他們是沒問題，可是，可是結婚七年，我們分別的日子倒佔了一半，你才回來兩年多，我又離開……」她想起分別的日子，想起兩地相思的牽掛。

「別傻了，」丈夫走過去摟著她的肩頭，「我們還有許許多多的未來呢！如果妳是一個平凡的女人我也不支持妳出國，如果我們的感情可以用時日衡量，我就要勸妳放棄，可是，妳不是，妳一直在找機會充實自己，妳的才華不該就這麼被家限住。」

她瞪著丈夫那一臉的嚴肅，顯然，他曾經仔細的考慮過這個問題，她不知道自己有什麼才華，但她深信他們之間的愛情，不是斗衡，也無法用杯量，而是一種深遠博大的相互包容，四年同窗，七年夫妻，相愛使他們相忍相容，艱苦的歲月，奮鬥的過程，他們能一一度過，完全依靠了彼此相愛、相知的心。

她感謝丈夫的鼓勵，更感謝他的寬大，天下有多少丈夫願意肩負起一家內外的責任而讓妻子去進修？如果她放棄了這個機會，也許她將鬱鬱不樂，也許在她心之深處永遠有一種犧牲的感受，她知道，她是多麼渴望去吮吸那知識的瓊漿。

就這麼來了，背負著丈夫的情愛和孩子們的淚眼，五歲的群兒，已知道了母親的遠行，摟著她，怎麼也不肯放，一歲多的雯雯，還傻傻的只要她抱，她沒想到這一刻，是她生平中最難以取捨的剎那。

抵校時，學校已經註完冊，她匆匆補辦了手續，見到了外國學生顧問，即刻分配到研究生宿舍。

宿舍就位在學校北門，依山而築，可眺望到一泓幽靜的湖水，遠處是古老的校舍，她站在門口欣賞了許久，像這麼美好的讀書環境，是她一生中所僅見，她必須好好把握這一年。

同房間的是位美國女孩，甜甜的娃娃臉，爽朗的個性，典型的美國女孩。

「妳結過婚？」

當她把出國前全家合照的照片放在書桌上時，琳達瞪大了眼問她。

「是的，」她愉快的回答，「還有兩個孩子。」她接著說，她是很以他們為榮的。

「那你們離婚了嗎？哦，對不起，我是說，妳為什麼離開他們到這裡來？」

好奇的美國人，天真的美國女娃娃，她們能懂嗎？以她們淺淺的心去瞭解深遠而古老的東方人的愛情。

「當然不是，我是正好有機會出來讀一年書，讀完就要回去的。」她淡淡的說。

「真令人難以相信，一年，三百六十五天，妳放心妳丈夫？」

她笑著點頭，她不相信他，還相信誰呢？

她收起了信，像擁著一團融融的火光，真慶幸自己有這麼好的機會學習。

她看看琳達已空的床，凌亂的堆放著衣物。

「我們才決定去蒙特那度假，痛痛快快的滑雪。」蘋果臉上有興奮的紅暈，她實在是個美人兒。

「妳不回家度假了？」

「哦！不，回去做什麼？陪兩老枯坐，才不，彼得已經弄好全套設備，我們一路開車過去。」

她已經學會了藏起自己的驚奇，先是男女混住的宿舍：「只有不成熟的人才需要男女分住，隔離了又如何，不會爬窗子進去？」她緘默了，甚至當她得悉了女孩子苦心經營，搔首弄姿，僅為了吸引男人，她也視為平淡了，美如琳達之流，仍為了男友，低聲下氣，其他，更不用說了，人要是退回了原始的本能，也就沒什麼美感可言了。

她站了起來，眺望著逐漸暗下的天空，湖水已經化凍了，閃閃地映出一片燈海，擁著那份踏實而暖暖的情愛，她重又拿起了書本，就像往常和丈夫在燈下夜讀一樣，不再徬徨，不再孤獨，她知道自己必須加倍努力才能在一年內完成學位，她也知道自己必須緊緊把握這珍貴的機會好好充實自己，不要讓寂寞啃蝕了向上的心，不要讓異鄉的冬僵住了一腔的熱血，當另一個冬天來臨時，她將回到了家，回到了四季如春的家園，想及此，她突然渾身溫暖，一年，很快就過去的，不是嗎？春天就將來臨了。

兒女是我們的

「是的，我是琳琳的母親，我馬上就來。」

她放下話筒，突然不知如何是好，看看正在進行的實驗，只好狠下心停下來，離下班還有四十五分鐘，她提起了皮包，又放下來，拿起了電話，撥了個號碼給丈夫。

「琳琳病了，剛剛她托兒所的老師打電話來，我把車子開去接她，回頭來接你。」

她不管丈夫焦急的詢問，就掛下聽筒，衝出去了。外面是一片雪白的世界，積雪丈餘，發動了許久，車子才緩緩向前移動，雖然除雪車不停的鏟著雪，路面仍是很滑，該有零下十幾度了吧！這樣冷的天，在臺灣是想也想不到的。早晨真不該把琳琳送去托兒所，早兩天前就有點發燒了，只怪自己一心浸在那即將完成的實驗裡，老闆又釘得緊，就忘了這酷寒的天氣，一冷一熱對孩子多麼不利，自己也未免太大意了。

也許當初自己就錯了，不該選擇理科，更不該讀了碩士又修博士，女人，難道真是只配做廚娘？她一直有信心，學業、家庭、事業，可以兼顧，誰知道一個家並不像書本上那些原理那麼易於操縱，她不得不承認自己如今是騎虎難下了。

拿到碩士那年，她生下琳琳，她一心決定從此相夫教子，做一個好主婦，但丈夫每月二百多元的獎學金卻維持不了一家三口，而她的指導教授也再三的勸她。

「妳的成績那麼好，不讀博士實在可惜，妳如果想讀，我仍每月給妳二百五十元的獎學金。」

和丈夫商量的結果，她終於放下了才一個月的孩子，又繼續深造，孩子以每月八十元托一個南美的婦人帶，哦！那一段日子又是多麼艱苦，每天應付了繁重的課業之後，又得忙著去接孩子回家，才一個月大的女兒，總是哭啞了嗓子，小屁股也爛得一片紅疹，夜裡起來無數次，為她餵奶、擦藥，等躺下去，天又朦朧亮了。

托人照顧孩子，遠不及自己細心、愛護，小琳琳從小就體弱多病、愛哭、愛鬧，一點不像自己小時候，長得胖胖圓圓地，非常健康。

「媽媽，妳今天不上班好不好，陪琳琳玩一下，像隔壁安妮，她媽咪每天陪她，多好！」每天早晨，琳琳總不放棄希望的要求她，比起來，自己的童年是快樂多了，有母親，有奶奶爺爺陪著，而今小琳琳進了那全是黃髮碧眼的托兒所，即使有再好的設備，心中那份落寞、孤獨也是可以想見的。

她一陣心酸，車子差點滑了出去，冬天開車真不容易，想到自己這幾年的留學生涯，不也像雪上行車，戰戰兢兢？有時她真是心力交瘁，想一切不管，考個C，停了獎學金，也好死了拿博士的心，丈夫看她幾乎支持不住，也勸她停一年再說，但她終於咬緊了牙，拚了命，以三年時間把學位拿下來了。

理想和野心是很難劃分的，她以為自己可以停下來了，有時，在假日裡，帶女兒上公園，吃東西，看到女兒那份耀眼的喜悅，就覺得那才是自己真正要追求的，然而，當夜深人靜時，翻讀著一篇又一篇科學的新知，查看著別人一篇又一篇研究報告，那份求知的慾望，那種功名的引誘就在心中蠢蠢欲動，讀了二十年的書，吃了那麼多苦，就此罷休？又一次的，她接受了挑戰，接受這所學術地位相當高的學校聘請，繼續研究工作。

車子在一所精巧整潔的建築物前停下來，廣場上的鞦韆、滑梯，以及噴水池，全為雪所封蓋，一間間的遊戲室，充滿了孩子們的笑聲，她三步併成二步的跑到琳琳的教室，保姆告訴她琳琳正躺在休息室睡著，當她一眼看到那蒼白的、秀氣的小臉，正蹙著小眉頭睡著，那麼孤獨、無依的樣子，她纔發現比起同年齡的孩子，琳琳真是顯得又瘦又小，是自己故意不去承認這點呢？還是忽略了那成長中的小蓓蕾？抱起了孩子，滾燙的額頭嚇了她一跳。

「醫生已經看過了，多休息一、二天，就會好的。」保姆安慰著她，又送她們上了車，才含笑離去。

她一面開著車，一面不停的摸著孩子的額頭，萬一琳琳有個三長兩短，她怎能辭咎呢？三年來，她只是為野心、為理想驅策著，在這競爭劇烈的美國社會，些微的鬆懈就意味著落伍，她和丈夫，一路斬草除荊，一路努力奮鬥，而今，學位拿到了，望著一山卻比一山高，這畢竟不是自己的國家，妳的努力，妳的向上，頂多只博得一聲喝采而已，到底真正為自己帶來了什麼？為自己的社會、國家增加了些什麼？她真的有點茫然了。

「媽媽，媽媽。」

琳琳在囈語著，她輕輕的拍拍她，三年，她到底為孩子盡過多少力？為了考試，忙亂中打破了多少奶瓶？為了趕報告，匆忙中忘了多少次餵奶？而那些一換再換的保姆，有七老八十的老太婆，有十七、八歲的小姑娘，自己明知她們不足信賴，但總自慰著，畢了業就好了，畢了業我全心全力照顧孩子，而今，畢業了，博士也當定了，卻每天狠著心，不理孩子的反抗，「我不要上學，我要和媽媽玩。」開了半小時以上的路程，把孩子交給那全然陌生的托兒所，「孩子總要練習獨立的」，她找到了藉口，然而每天在實驗室裡卻忐忑不安，一到四點就不停的看錶，女人一結了婚，一有了孩子，真正屬於自己的到底有多少？

才在街角停下來，丈夫早已等在辦公室門外了，一腳跨進車廂，就抱起了女兒。

「怎麼樣，不嚴重吧？」

她看著那雙關切的眼神，她體會到那欲言又止的思維，畢竟兒女才是真正屬於自己的，那些野心、功名都是不實在的。

「回去就幫我寫張辭呈吧！我要好好的寵一寵小琳琳了。」說完，她鬆了一口氣，心中頓然輕快了許多，多年來的壓力消失了，只看到丈夫炯炯的眼神，充滿情愛的望著她。

有兩個名字的男孩

他的名字是仲國，可是在學校裡，同學們都叫他「仲」，或「國」，而且發出稀奇古怪的音，他的級任老師問他，好不好就叫他John，因為和仲音相近，這樣也可省去同學稱呼他的困擾，他無所謂的點點頭，反正「仲」或「國」，或John，都不是他的名字，他只承認他叫林仲國，那是祖父翻了半天姓名學，為他取的學名。

他沉默、冷靜，而略微害羞。沉默，因為他從小就熟記「沉默是金」的名言，冷靜，是因為祖父教過他聖賢古訓，喜怒不宜形於色，而害羞則是因為他語言能力的不足，使他無法暢所欲言之後，寧可把自己關在沉默築起的小小世界裡。

他小學才畢業，父母就把他帶到美國。

「省得將來考高中、考大學太麻煩。」他母親說。

他又讀了一次六年級，把基礎打好些，將來學起來也容易些。他沒有異議。哥哥伯華直接進入初二，他們之間雖然只差一歲多，但是哥哥總是出類拔萃，不用父母操心，即使到了美國，畢竟是在臺灣學過一年初中英文，又一向聰明努力，不到一學期，成績已是全班之冠，尤其數理，更是遙遙領先。

「你為什麼總是這樣叫人操心？」母親生氣的責備他。「今天老師把我叫去，問我為什麼你不說話，教你的功課也沒有反應，你知道我去一趟你的學校多麻煩，我又不會說英文，還得找郭阿姨開三十分鐘車來陪我去，你這孩子是怎麼回事？」

他眼睛釘著黑板，空洞而迷茫的聽著布朗女士在講解社會科學，「希臘是古老的國家，是民主的搖籃，是……」，他昨晚查了一晚上的英文生字，只看懂那生澀的幾個句子，他的腦子，轟轟轟的響著母親失望、生氣的斥責，他也看到母親那張姣好白皙的臉龐，這一年來，增加了許多皺紋和憔悴。

「為什麼？為什麼？」他捶著桌子，想找出答案。

「John，你有什麼問題嗎？」布朗女士慈祥的停下講解，「你沒聽懂我的安排？」

同學們把眼光都集中在他身上，他窘迫的低下頭，他為自己的不專心羞愧，也為自己的無助生氣。

「John，你要不要我再講一遍？」布朗女士溫和的問他，「也許你沒聽懂我的說明。」

我是沒聽懂你的話，我根本沒在聽，但是你為什麼不乾脆叫我出去或罰我站牆角？就像你對待一般同學那樣，我不要憐憫，我不要特別優待，我……，他瞪視著老師，他沒說半句話。

「John，你聽懂了嗎？」布朗女士耐心的問著他，他仍是用那雙空洞的眼睛瞪視著老師。布朗女士無助的走出教室，不久，她帶著另一個男孩子進來。

「John，這是Mark，他也許可以幫你一點忙。」布朗女士又轉向Mark。

「Mark，請你把老師的話用你們的話翻譯給他聽。」

Mark笑瞇瞇地看著John，黑髮，黑皮膚，瘦高的身材，John覺得親切，因為外表上，Mark和他是相像的。

「但是，布朗女士，我的中國話不太好。」Mark用流利的英文說，那使John覺得，他們之間仍是不同的。

「試試看！」布朗女士慈祥的說。

「John，」Mark親切的對著John，仍是那麼快樂的笑容，「布朗女士說，你們現在在學Greek，就是希臘，她要配合教學，下週五會有一個希臘式的『Banquet』，就是吃飯，她要你扮國王，其他的人，有貴族，有奴隸，你是國王，好棒！」

Mark指手劃腳，中英夾纏，總算把意思說明白了，John恍然大悟，露出了笑容，布朗女士第一次看到他整齊潔白的牙齒，一張屬於十三歲孩子的笑臉。

Mark成了他的發言人，他們不同班，但是熱心的Mark常常在中午或課餘時來找他，幫他一點忙，但是多半的時候，他坐在課堂裡，瞪著黑板，或望著老師，或看窗外藍天白雲，他想像著那飛絮著的雲把他載回嘉義的老家，他和阿義、雄仔、宏達等好友，放學後在林子裡打鳥，或到河裡摸魚的情景，他也想到母親坐在小小的店鋪，忙著裁剪縫製衣服，他甚至懷念那嗞嗞嗞的縫衣機聲音，那時，母親雖然忙，但是當她聽到客人滿意的讚美，她的臉上充滿了光采，她為人設計樣式合宜的時裝，尤其為新嫁娘忙嫁粧時，好像家裡也充滿喜氣洋洋的。即使爸爸為生意忙，但是總有時間在家吃個飯，看看電視，而現在——

「這樣下去也不是辦法，我們帶來的積蓄總會花光的。」他常聽到母親憂慮的向父親說。

「那你要我怎麼辦？做生意也不是說做就做的，你以為我高興在餐館裡打一輩子的工？」父親兇巴巴的怒吼。

「我看我也出去找個工作做做，聽說車衣廠需要人，只要會做，英文不好也可以應付。」母親怯怯的說。

「妳要能應付得來我也不反對，但是孩子總也得有人管。」

「他們也不小了，應該可以自己照顧自己。」母親說：「存些錢，也許我們可以搬個像樣的公寓。」

母親上了工，早出晚歸，父親在餐館做事，晚睡晚起，可以好幾天見不到他的臉。他上學、他回家、他吃飯、他睡覺，他的世界只剩兩點之間的一根直線——家和學校，大多的時間，他沉默，老師也習慣了他的「無反應」，同學也放棄了對他的招呼和注意，有時 Mark 來找他，但是 Mark 也有他自己的朋友，他們外表雖然相像，但是他們其實是不同的，Mark 是在美國生長的華僑，個性、習俗都和他不同，他固執的只承認阿義、雄仔和宏達，才是他的好朋友，但是他們卻遙遠得只能在夢中出現。

布朗女士興奮的策劃著希臘大餐，他們花了整整一個月討論希臘，講解希臘，甚至體育課也配合了希臘的活動，他們舉行了奧林匹克競技，現在，又有了希臘大餐，使大家更深刻的認識希臘式的生活——階級制度，以及民主政權。

他不是沒試過，但是太難，那些蟹形的文字，那些令他昏昏欲睡的說明。歐洲，多麼遙遠的地方，他們只用兩節課講解了亞洲，卻用一個月討論希臘，不公平！不公平，他尖聲大叫，但是，他叫不出，他早已失去了聲音。

他頭戴花冠，披著用床單做成的長袍，布朗女士也用白布披在衣服上，每個人都打扮成古希臘民族，皇親貴族，或奴隸平民，不同的身份，不同的裝扮，教室裡擺滿了同學們從家中帶來的食物——乳酪、水果（橄欖、葡萄）、酒（用果汁代替）以及各種點心，同學們喧嘩著，他高高坐在架起的椅子上，扮演奴隸的同學，赤腳、裸肩，只披一件白布，穿梭著為貴族服務，他突然想起父親在餐館為人端盤送菜，忙碌不停的奔波，他忘了他正扮演著希臘國王，他臉上充滿愁苦的表情，淚水開始凝聚在他漆黑的眼眸裡。

希臘大餐結束了，同學們吃得杯盤狼藉的走了，他跳下國王的寶座，幫布朗女士收拾著殘局，今天，他不必急著趕校車回家，因為Mark約他一起去他家玩，Mark的家就在附近，他們可以步行過去。

「John，你覺得好玩嗎?」布朗女士一邊收拾著桌椅，一邊問他。

他點點頭，羞怯的把頭轉開。他知道布朗女士是一位好老師，他也想說出他心中的感受，但是，語言的阻礙，使他吞回了那吐不出的情意。

Mark在教室門口等著他，道別了布朗女士，他和Mark沿著校園旁邊的人行道，走向Mark的家。

初夏的風，輕柔的吹拂著，Mark一路踢著石頭，一邊又不停的和同學打招呼。他一邊欣賞路旁住宅區中，盛放的花朵，如茵的綠地，一幅安寧詳和的圖案，從未曾在他的圖畫中出現的景象，他的畫筆，只會畫樹林，畫小溪，畫巍峨的山岡，畫彎曲的村莊、田舍、小徑，他覺得他並不屬於眼前這一幅圖畫。

「John，你週末都做什麼？」Mark 問他。

「什麼也不做，有時幫忙爸爸洗洗車子，或幫媽媽吸地。」

「哇！你真棒，我最恨週末，我要上三小時的中文課呢！」Mark皺著眉頭，一臉怪相。

「你不愛學中文嗎？」

「我恨中文，我為什麼要學嘛！我去跟誰說中文？」Mark 問。

「你難道在家不說中文？」

「才不，爸媽都同我說英文，習慣了嘛！小時候怕我英文不好，在家就用英文講話，現在又說我英文太好了，要趕快學中文了，」Mark 無奈的笑著，「真不懂他們。」

Mark一口流利的英文，偶而，看到John疑惑的表情時，才用結結巴巴的國語翻譯出來。但是，一路上，兩人比手劃腳，也談得非常高興。

到了Mark的家，那是一棟精緻的兩層樓房，院子裡花草整齊，Mark的母親聽到他們的聲音，馬上迎出來。

「你就是Mark常常提起的John？」好親切的國語。

「我叫林仲國，伯母您好！」他禮貌的說著。

「林仲國，好有禮貌的孩子，弟弟，你看多麼好聽的國語。」Mark在媽媽後面做了個鬼臉。

仲國很想笑，原來，Mark也有兩個名字，他母親有時叫他弟弟，有時叫他毛毛，而且他們母子的對話也很有趣，母親是中英夾用。

「你給仲國拿杯drink。」

「你們要不要到upstair你的room去玩game？」

「你聽，仲國的Chinese多好，你要study harder一點。」

Mark是以不變應萬變，不管母親用什麼話，他一律英語回答。

Mark的房間非常的寬大，牆上貼滿了各種流行的畫報，及電視名星，牆角還擺了一套小小的音響設備，滿滿一列唱片，以及各種色彩鮮麗的讀物、書籍。

可是Mark告訴他，他無聊死了，沒有人陪他玩，除了爸爸媽媽，他連一個兄弟姐妹也沒有。鄰居的孩子都比他小，玩起來一點意思也沒有。

「我母親常常幫我約小朋友回來玩，都是中國朋友，可是……」Mark笑了笑，聳一聳肩，不知該說什麼。

「你覺得有什麼不同？」

「Well，有時候我覺得我是美國人，我為什麼要有不同？」Mark說：「說英文對我比中文容易。」

「但是你不覺你和美國小孩有什麼不同？」John好奇的問。

「沒什麼不同，倒是中文說不出時，在中文學校使我很難與人溝通，我週末都會憋一肚子話，因為沒人同我說，他們叫我劉之皓，我常常不知道就是我。」

他們笑成一團，因為彼此都領會這種經驗，其間只是英文和中文的差異，他們都有一段努力的路程要走。

劉伯母送仲國回去時，已是黃昏。

「你常常來玩，可以教教 Mark 一些中文。」劉伯母一邊開車一邊說。

仲國看著來往的車輛及行人，努力思索著街名路牌。

「你記得該在這裡轉彎嗎？」劉伯母看著他給她的住址，猶豫的握著方向盤。

紅燈，綠燈，車行，車止，仲國望著忙碌的街心，望著分叉的道路，不知該向哪一條路前進。

三民叢刊書目

①邁向已開發國家　孫　震著
②經濟發展啟示錄　于宗先著
③中國文學講話　王更生著
④紅樓夢新解　潘重規著
⑤紅樓夢新辨　潘重規著
⑥自由與權威　周陽山著
⑦勇往直前　石永貴著
・傳播經營札記
⑧細微的一炷香　劉紹銘著
⑨文與情　琦　君著
⑩在我們的時代　周志文著
⑪中央社的故事（上）　周培敬著
・民國二十一年至六十一年
⑫中央社的故事（下）　周培敬著
・民國二十一年至六十一年
⑬梭羅與中國　陳長房著
⑭時代邊緣之聲　龔鵬程著
⑮紅學六十年　潘重規著
⑯解咒與立法　勞思光著
⑰對不起，借過一下　水　晶著
⑱解體分裂的年代　楊　渡著
⑲德國在那裏？（政治、經濟）　郭恆鈺、許琳菲等著
・聯邦德國四十年
⑳德國在那裏？（文化、統一）　郭恆鈺、許琳菲等著
・聯邦德國四十年
㉑浮生九四　蘇雪林著
・雪林回憶錄
㉒海天集　莊信正著
㉓日本式心靈　李永熾著
・文化與社會散論
㉔臺灣文學風貌　李瑞騰著
㉕干儛集　黃翰荻著

㉖作家與作品　謝冰瑩著
㉗冰瑩書信　謝冰瑩著
㉘冰瑩遊記　謝冰瑩著
㉙冰瑩憶往　謝冰瑩著
㉚冰瑩懷舊　謝冰瑩著
㉛與世界文壇對話　鄭樹森著
㉜捉狂下的興嘆　南方朔著
㉝猶記風吹水上鱗
・錢穆與現代中國學術　余英時著
㉞形象與言語
・西方現代藝術評論文集　李明明著
㉟紅學論集　潘重規著
㊱憂鬱與狂熱　孫瑋芒著
㊲黃昏過客　沙　究著
㊳帶詩蹺課去　徐望雲著
㊴走出銅像國　龔鵬程著
㊵伴我半世紀的那把琴　鄧昌國著
㊶深層思考與思考深層
・轉型期國際政治的觀察　劉必榮著
㊷瞬　間　周志文著

㊸兩岸迷宮遊戲　楊　渡著
㊹德國問題與歐洲秩序　彭滂沱著
㊺文學關懷　李瑞騰著
㊻未能忘情　劉紹銘著
㊼發展路上艱難多　孫　震著
㊽胡適叢論　周質平著
㊾水與水神
・中國的民俗與人文　王孝廉著
㊿由英雄的人到人的泯滅
・法國當代文學論集　金恆杰著
51重商主義的窘境　賴建誠著
52中國文化與現代變遷　余英時著
53橡溪雜拾　思　果著
54統一後的德國　郭恆鈺主編
55愛廬談文學　黃永武著
56南十字星座　呂大明著
57重疊的足跡　韓　秀著
58書鄉長短調　黃碧端著
59愛情・仇恨・政治
・漢姆雷特專論及其他　朱立民著

(60) 蝴蝶球傳奇　顏匯增 著
・真實與虛構
(61) 文化啓示錄　南方朔 著
(62) 日本這個國家　章　陸 著
(63) 在沉寂與鼎沸之間　黃碧端 著
(64) 民主與兩岸動向　余英時 著
(65) 靈魂的按摩　劉紹銘 著
(66) 迎向眾聲　向　陽 著
・八〇年代臺灣文化情境觀察
(67) 蛻變中的臺灣經濟　于宗先 著
(68) 從現代到當代　鄭樹森 著
(69) 嚴肅的遊戲　楊錦郁 著
・當代文藝訪談錄
(70) 甜鹹酸梅　向　明 著
(71) 楓　香　黃國彬 著
(72) 日本深層　齊　濤 著
(73) 美麗的負荷　封德屏 著
(74) 現代文明的隱者　周陽山 著
(75) 煙火與噴泉　白　靈 著

(76) 七十浮跡　項退結 著
・生活體驗與思考
(77) 永恆的彩虹　小　民 著
(78) 情繫一環　梁錫華 著
(79) 遠山一抹　思　果 著
(80) 尋找希望的星空　呂大明 著
(81) 領養一株雲杉　黃文範 著
(82) 浮世情懷　劉安諾 著
(83) 天涯長青　趙淑俠 著
(84) 文學札記　黃國彬 著
(85) 訪草（第一卷）　陳冠學 著
(86) 藍色的斷想　陳冠學 著
・孤獨者隨想錄
A・B・C全卷
(87) 追不回的永恆　彭　歌 著
(88) 紫水晶戒指　小　民 著
(89) 心路的嬉逐　劉延湘 著
(90) 情書外一章　韓　秀 著
(91) 情到深處　簡　宛 著
(92) 父女對話　陳冠學 著

93	陳冲前傳	嚴歌苓 著
94	面壁笑人類	祖 慰 著
95	不老的詩心	夏鐵肩 著
96	雲霧之國	合山 究 著
97	北京城不是一天造成的	喜 樂 著
98	兩城憶往	楊孔鑫 著
99	詩情與俠骨	莊 因 著
100	文化脈動	張 錯 著
101	桑樹下	繆天華 著
102	牛頓來訪	石家興 著
103	深情回眸	鮑曉暉 著
104	新詩補給站	渡 也 著
105	鳳凰遊	李元洛 著
106	文學人語	高大鵬 著
107	養狗政治學	鄭赤琰 著
108	烟 塵	姜 穆 著
109	河 宴	鍾怡雯 著
110	滬上春秋	章念馳 著
111	愛廬談心事	黃永武 著
112	吹不散的人影	高大鵬 著
113	草鞋權貴	嚴歌苓 著
114	是我們改變了世界	張 放 著
115	夢裡有隻小小船	夏小舟 著
116	狂歡與破碎	林幸謙 著
117	哲學思考漫步	劉述先 著
118	說涼	水 晶 著
119	紅樓鐘聲	王熙元 著
120	寒冬聽天方夜譚	保 真 著
121	儒林新誌	周質平 著
122	流水無歸程	白 樺 著
123	偷窺天國	劉紹銘 著
124	倒淌河	嚴歌苓 著
125	尋覓畫家步履	陳其茂 著
126	古典與現實之間	杜正勝 著
127	釣魚臺畔過客	彭 歌 著
128	古典到現代	張 健 著
129	帶鞍的鹿	虹 影 著
130	人文之旅	葉海煙 著

131 生肖與童年　小　民著
132 京都一年　林文月著
133 山水與古典　林文月著
134 冬天黃昏的風笛　呂大明著
135 心靈的花朵　戚宜君著
136 親　戚　韓　秀著
137 清詞選講　葉嘉瑩著
138 迦陵談詞　葉嘉瑩著
139 神樹　鄭　義著
140 琦君說童年　琦　君著
141 域外知音　張堂錡著
142 遠方的戰爭　鄭寶娟著
143 留著記憶・留著光　陳其茂著
144 滾滾遼河　紀　剛著
145 王禎和的小說世界　高全之著
146 永恆與現在　劉述先著
147 東方・西方　夏小舟著
148 嗚咽海　程明琤著
149 沙發椅的聯想　梅　新著
150 資訊爆炸的落塵　徐佳士著

151 沙漠裡的狼

白樺 著

像在冷冽的冬夜裡啜飲著濃烈的茶，感受一種在蒼茫大地上，心海澎湃的震顫。那麼地古老、深沈，剎時間，恍若置身廣闊的大漠，一回首，就是長城。這是金鼎獎作家又一直指人性，內容深刻的作品，請您在一個適合沈思的夜晚，漫步中國。

152 風信子女郎

虹影 著

一本能深刻引起讀者共鳴的小說，其必然與人世現實生活有著緊密的關連。本書作者秉持著對人的命運的關切，遠勝於對以往藝術形式的關注，賦予了文學創作的生命。從本書作者對人物刻劃描述的過程中，可窺知作者對此一理念的堅守。

153 塵沙掠影

馬遜 著

生命的旅途中，有許多可掌握的機運，但似乎一半早已註定……。馬遜教授從故鄉到異國求學，最後來臺定居，繼而與佛結了不解之緣。滿懷豐富的情感，細膩的筆觸，深刻的寫下了旅赴歐美等地之點滴情事，而念舊懷恩之情愫亦時時浮現於文中。

154 飄泊的雲

莊因 著

歲月的洗禮，在人們內心深處烙印著痛苦、悲哀、快樂與美好的回憶。由於時代的變動、戰爭的摧折，作者歷盡滄桑的輾轉遷徙，使那些漂流不定、幻化多變的過往，煥發出人生的智慧。就讓我們乘著飄泊的雲，領會「知足常樂，隨遇而安」的生活哲理。

⑮ 和泉式部日記

林文月 譯・圖

本書為日本平安時代文學作品中與《源氏物語》、《枕草子》鼎足而立的不朽之作。書中以簡淨的日記形式，記錄了一段不為俗世所容的戀情。優美的文字，纏綿的情詩，展現出愛情生活中細膩的起伏感受與歡愁，穿越時空，緊扣你我心弦。

⑯ 愛的美麗與哀愁

夏小舟 著

愛情之於女人，常常是引誘飛蛾撲火的明燈，是絢麗的毒花，可女人偏偏渴望愛情。作者列舉許多男女的愛情、婚姻故事，郎才女貌未必幸福，摯情摯愛未必有緣，只是男人與女人之間如同萬物的規則，一物降一物，鹵水點豆腐，魔高一尺，道高一丈。

⑰ 黑月

樊小玉 著

丁小玎隨著所在的中國公司到國外做勞務承包。因為是公司的英語翻譯，加上辦事勤快，見了人又總是一個柔柔和和的笑，於是很快就引起當地大部分男人的注意；而小玎能否在心儀的外交人員與愛慕自己的餐廳老闆間找到最後情感的歸宿？……

⑱ 流香溪

季仲 著

作者透過一群「沿江吉普賽人」在流香溪畔發生的動人故事，牽引出現代觀念與傳統文化的價值矛盾、中日文化的碰撞衝突、人與自然的挑戰，以及善與惡的拉扯等；全書行文時而如行雲流水，時而又如波濤洶湧，讀來意趣盎然，發人深省。

⑲史記評賞

賴漢屏　著

司馬遷《史記》一三〇篇，既是「究天人之際，通古今之變」的史學鉅著，也是我國古代傳記文學的精華。本書作者自幼即喜讀《史記》，從師學習，如今蘊藉已深，以其深厚的治學基礎，發為見解獨具的文采丰華，帶領讀者一探《史記》博雅的世界。

⑯文學靈魂的閱讀

張堂錡　著

文學的力量使孤寂的心靈得到慰藉，貧乏的人生變得富有，唯有肯駐足品味的人才能透晰其所傳達出最深藏的祕密。本書共分三輯，窺視文學蘊含的殷情深意；感受其求新求變以及對大環境的價值。各自激發不盡的聯想與深沈的感動。

⑯抒情時代

鄭寶娟　著

在平淡無奇的生活中，你可曾留意生命中點點滴滴不平凡的小故事？作者以其平實的筆觸，刻劃出看似平凡卻令人難以遺忘的人生軌跡，你我都可能身在其中。書中情節所到之處，或許平凡、或許悲傷，但卻也不時充滿著生命的躍動，值得細細體會。

⑯九十九朵曇花

何修仁　著

人生有多少夢境會在現實中重複出現？是山間的樵歌？白雲間的群雁？還是昔日遠方純樸、悠閒的鄉間漫步？作者來自屏東，以濃郁深摯的筆調，縷縷細述人生中最動人的記憶，伴隨你我，步履於南臺灣的舊日情懷，一同感受人間最純摯的情感。

⑯③ 說故事的人

彭歌 著

這是作者多年來觀察文壇、社會與新聞界的肺腑之言。輯一故事與小說自不同角度探討小說寫作；輯二人與文刻劃出許多已逝人物卓然不凡的風範；輯三海外生涯則寫遊記、觀賞職籃等旅居海外之觀感。讀了此書，彷彿親身經歷了一趟時空之旅。

⑯④ 日本原形

齊濤 著

從明治維新以來，日本的一舉一動都對世界有著深遠的影響，尤其對臺灣來說，其影響更是巨大。作者長期旅日，摒除坊間「媚日」或「仇日」的論調，以客觀的描述，剖析日本的現形。對想要了解日本時勢與脈動的人來說，是不得不看的一本好書。

⑯⑤ 從張愛玲到林懷民

高全之 著

作者以嚴謹誠虔的態度，客觀分析的筆調，來評論臺灣當代小說，深深讓讀者了解近代文學的特點，進而深入九位作者的作品中，提供一些深刻的創見，帶領你我欣賞文學的美與實，進而體驗文學對生命喜悅、悲哀等生動的描述。

⑯⑥ 莎士比亞識字不多？

陳冠學 著

莎士比亞識字不多！一直以來被誤認是個偉大的作者。讀過本書，應能還莎士比亞一個清白，他絕對不是一個掠美者。這把聖火在臺灣重新點燃，希望將來這聖火能夠由臺灣再度傳回英國，傳到世界各地，也好讓莎士比亞的靈魂得到真正的安息。

⑯⑦ 情思・情絲

襲華 著

「妳，像野薑花；清香，混合在黎明裏，催我甦醒。沒有妳，我睜不開眼睛，走進陽光的世界。她，是我在黃昏裏，永遠踩不到的影子。像夜來香，惑我走進黑夜的濃郁……」本書集結了襲華在〈中副〉發表的散文，篇篇情意真摯，意境深遠，值得細細品味。

⑯⑧ 說吧，房間

林白 著

一個是離婚、失業的中年婦女，一個是愛熱鬧的單身貴族。兩個背景、個性迥然不同的女子，為何會發展出一段患難與共的交情？且看兩個女子的心情告白。本書在作者犀利細膩的筆調下，深刻描繪出都會女子的愛恨情仇、悲歡離合，值得細細品味。

⑯⑨ 自由鳥

鄭義 著

六四事件的悲憤情緒才剛平復，對八九民運功過的批判聲音竟已隨之響起。對此，大陸流亡作家鄭義，以一幕幕民運歷程與鐵幕紀實，申訴著他的心痛與不平。文中流露對同胞的關懷和自由的嚮往，深深地牽引著每一個中國人心中的沈痛與感動。

⑰⓪ 魚川讀詩

梅新 著

詩是抒情的天堂，但並非每個人都能領會其中的意涵。本書是梅新先生的遺作，首創以雜文式的筆調評論詩作，不依恃理論，反而使篇章更形活潑，有就事論事的評述，也有尖銳的諷喻，語帶機鋒，趣味盎然。引領您一窺知性與感性的詩情世界。

⑰ 好詩共欣賞

葉嘉瑩 著

本書作者葉嘉瑩教授，融會西方接受美學、符號學及中國詩論，來解讀陶淵明、杜甫、李商隱的作品，分析了三人作品的形象、情意和其中所含的隱微深意，並從興發感動讀者的角度來詮釋作品的成功與否，是喜愛古典詩的讀者不可錯過的好書。

⑰ 永不磨滅的愛

楊秋生 著

現代人的生活壓力大，使得人生危機四伏，生活充滿徬徨、疲倦和無力感。如何化解此一危機？作者以多年學佛的體驗，以及和家人朋友互動的點點滴滴，而了解到愛的真義，並希望能將愛分享給每個人，以重燃信心和希望。

⑰ 晴空星月

馬遜 著

大崙山上，晴空萬里，夜色如銀，星月交輝。作者因佛緣，追隨曉雲法師的步履，出掌華梵大學，以發揚佛教教育為己任。本書除叮嚀青年學子的話語外，還有對社會大眾闡發佛法精神的演講。其智慧的話語，如醍醐灌頂，為淨化心靈的一帖良方。

⑰ 風景

韓秀 著

韓秀，一個出生於紐約，卻長年往返於世界各地的奇女子。在雅典、在開羅、在布達佩斯、在臺北、在高雄、在北京，作者皆能以其敏銳的心觀察她所造訪過的每一寸土地，以其向具纖細的筆觸，使一幅又一幅的動人「風景」躍然出現在您的面前！

⑰⑤ 談歷史　話教學

張元　著

作者以二位高一新生對歷史課程的困惑為引子，藉著師生座談對話的方式，從北京人時代到西晉，針對高中歷史教材，試圖以「史料閱讀」的方法鮮明地建構各代的歷史圖像，在活潑的對白間既談歷史意涵又話歷史教學，相當適合高中教學的參考。

⑰⑥ 兩極紀實

位夢華　著

任何人想要親臨兩極之地恐怕都不是件容易的事。作者因從事研究工作之便，足跡跨越兩極，將在極地所見所聞之動物奇觀、自然景致乃至當地所受文明衝擊，或以幽默輕鬆，或以深沈關懷的筆調娓娓道來，是無緣親至極地的讀者絕不可錯過的佳作。

⑰⑦ 遙遠的歌

夏小舟　著

世上只有兩種人，男人和女人。然而男女之間的恩愛情仇，卻糾葛難解。本書作者以一篇篇幽默的短篇故事，道盡世間男女的愛恨嗔痴。在她細膩委婉的筆下，愛情的本質和婚姻的面貌都一一呈現，必可帶給你前所未有的感受與體悟。

⑰⑧ 時間的通道

簡宛　著

「人生，是一條時間的通道，每一個人所走的方向和目標雖然不一樣，但是經過的路程卻是相似的……」當人們沈溺於歲月不待人的迷茫和感嘆時，作者平實的筆調將帶著我們對生活多用一點心思和一點執著，會使我們的「通道」裏，留下一點痕跡。

⑱ 天涯縱橫

位夢華　著

以兩極生態氣候的研究為基礎，作者建構了此書的論理與想像世界。內容從極地景致、開拓艱辛及天文物理觀念，引申至有關宇宙天人及環保的許多想法，包容科學與文學，兼具知性與感性。讓您在詼諧而深切的筆調中，激發對地球的關懷與熱愛。

⑱ 中國新詩論

許世旭　著

中國詩歌，無論新舊，是一座甘泉，若不掬飲，口渴神焦，……。作者係韓國人士，長年沈浸在中國文學之中，對於在中國新詩的源起及兩岸新詩風格的異同，均有獨到而精闢的見解。是讀者拓寬視野，更深入了解中國新詩之發展所必備的好書。

⑰⑨ 燃燒的眼睛

簡宛 著

作者以自身多年來在美國的異域生活為背景，輔之敏銳的觀察力、豐富的情感、濃郁深摯的筆調，從而幻化出一篇篇感人肺腑的故事。尤其對於旅居海外異鄉遊子們的心境描寫更是深刻動人，是一本值得再三玩味的小說。

⑱⓪ 月兒彎彎照美洲

李靜平 著

沒來美國時還不知那生活啥款；來了才知樣——啊！真夭壽！ 來到美國，是穿梭在黑白紅黃人群間；還是在房裡看華語電視？是在壁爐邊吃耶誕大餐；還是窩伴著一桌熱火鍋？在忙碌的陽光下，可想起夜空裡一彎新月？月兒彎彎，訴說的又是誰的故事？

⑱① 愛盧談諺詩

黃永武 著

諺詩，是指用諺語聯成的詩，由於聯接巧妙加上意外組合，因此往往會有不可料想的妙趣出脫。如捉豬上板櫈，走馬看天花；成人不自在，做鬼也風流，等等。本書將帶你悠遊中國式幽默，探索諺語的源頭，喜愛好書的你，可千萬不能錯過！

⑱② 劉真傳

黃守誠 著

劉真，一位自四十年代開始影響國內教育最鉅的教育家。本書自劉真先生家學淵源寫起，隨著時間軌跡，記錄了他如何在風雨飄搖的年代裡為教育此類百年大業做出努力；因此雖然本書為劉真先生個人傳記，卻同時也是了解現今教育體制的最佳參照。

國家圖書館出版品預行編目資料

燃燒的眼睛／簡宛著.--初版.--臺北
市：三民，民87
面；　公分.--(三民叢刊；179)
ISBN 957-14-2826-4 (平裝)

857.63　　87003299

網際網路位址　http://sanmin.com.tw

著作人　簡　宛
發行人　劉振强
著作財產權人　三民書局股份有限公司
臺北市復興北路三八六號
發行所　三民書局股份有限公司
地　址／臺北市復興北路三八六號
電　話／二五〇〇六六〇〇
郵　撥／〇〇〇九九九八——五號
印刷所　三民書局股份有限公司
門市部　復北店／臺北市復興北路三八六號
重南店／臺北市重慶南路一段六十一號
初　版　中華民國八十七年四月
編　號　S 85430
基本定價　貳元陸角
行政院新聞局登記證局版臺業字第〇二〇〇號

ISBN 957-14-2826-4 (平裝)